BLEUE EST LA MORSURE

BLEUE EST LA MORSURE

ANNE PERRIN

ROMAN

JACQUES FLAMENT
ZONE FRANCHE

ISBN : 978-2-36336-499-9
Dépôt légal : 3e trimestre 2021

1975, route de Vals-les-Bains - 07160 MARIAC
www.jacquesflamenteditions.com

PRÉFACE

Anne Perrin vient de la poésie et du théâtre. C'est une route aride qu'il faut faire et tracer patiemment. Dans *Bleue est la morsure*, l'auteure plonge dans l'âme humaine et scrute la part d'ombre d'un homme, tout en pudeur. Sans jamais oublier la beauté des mots et les sonorités heureuses, Anne Perrin cherche le point de bascule des vivants et des morts.

Même si le pire des hommes trouve la rédemption, l'écrivain l'habille de mots ciselés et déroule des flots puissants pour le faire advenir au lecteur. Les fragilités deviennent des peaux quand Anne Perrin couche une vie sur le papier avec tendresse et précision. Elle explore chaque recoin de vie, en exhume la noirceur et la souffrance, n'épargne aucune faiblesse, détaille chaque mouvement de l'âme, fait surgir des questions comme autant de cris surgis des passés hantés par la violence. Le noir prend des couleurs et l'obscurité s'éclaire.

Les mots deviennent des étoiles filantes et des pensées que chaque lecteur peut partager. Ainsi, on éprouve une vraie empathie pour chaque personnage, les zones d'ombres devenant lumière. Il faut entrer délicatement dans l'écriture d'Anne Perrin pour prendre sa place à la table du festin. Les mots s'échappent et remplissent la pièce. On ressort du livre avec des sons et des pépites qu'il faut conserver précieusement.

JEAN-JACQUES BUSINO
auteur de romans noirs

PRÉAMBULE

À l'ombre des murs, ce cauchemar. Lui faire face. L'autre va morfler. Ce qui était inscrit devra se produire. C'est un peu ça, la force du destin. Tôt ou tard, cela devait arriver. Je suis irrémédiablement coupable. Pas de ce dont on m'accuse. Je suis coupable d'être en vie. J'ai croisé les bras jusque-là. J'ai encouragé les autres, sans me mouiller.

L'innommable resurgit toujours. Alors, on se doit aussi de faire payer.

Même si j'ai cherché à faire autrement, à m'impliquer, je n'ai pas su aboutir. Le plus fort que soi l'emporte toujours. On est tous perdants. Puisque personne, jamais, ne gagne. Seule la mort est gagnante.

PREMIÈRE PARTIE

I

Ma vie déroule son ascenseur, de marches loupées en trottoirs où trébucher.

J'aurais pu caresser des petits garçons. Devenir pédophile ou un monstre apparenté. Mais j'ai juste cassé ma vie en deux. Il y a l'être intime, répugnant et l'autre, le social, qui n'existe pas.

Ma vie est une succession de ratés. Je passe à côté de tout sans rien voir.

Seule persiste la monotonie des jours gris, qui m'indiffère, qui étale sa complainte répétitive, sans relief, à ma solitude incarnée. Dans ce quotidien sans joie, je ne me supporte pas. Même lorsque, je me l'avoue, l'idée de parler de moi à moi-même me semble déjà un acte d'allégeance.

Pourtant là, pour la première fois, j'essaie de comprendre. Tout en n'éprouvant guère plus de sympathie pour qui je suis.

Plutôt que de me faire envie, mon corps est une extension sans relief, un truc moche qui m'encombre et me donne envie de me mettre à la poubelle. Seulement, même les poubelles n'en veulent pas. J'éprouve une espèce de dégoût très ancien à l'égard de mes chairs, sans doute lié à des caresses un peu trop insistantes.

Devoir faire semblant, j'y suis condamné. Sourire un peu, répondre aux bonjours est déjà un effort surhumain. Je traîne ma détresse de silence en silence, nul ne sait à quel point j'y suis attaché. Seules quelques filles de joie, ramassées dans des nuits d'errance, ont quelquefois subi ma logorrhée de désespoir. Le reste du temps, je bois mes douleurs et les ravale.

Parce qu'il m'arrive aussi de me noyer dans un alcool frelaté et de déborder, mais cela demeure peu fréquent.

Mon seul plaisir, je le trouve à la rue du port. Là où traînent quelques femmes du bitume à qui confier mes peines. Je les sais victimes de leur sort, cela me console un peu sur le mien. Je peux leur inventer des vies imaginaires. Leur dire à quel point je suis l'inverse de ma réalité. Je leur concocte des petits récits dans lesquels je suis toujours un autre, un surpuissant. Un de ceux qui a vécu plein d'aventures.

Et dans ce domaine, j'excelle. Je vois briller dans leurs yeux une fascination à l'égard de mes propos. Elles me vendent leurs corps, je leur vends du rêve. Il faut dire que j'ai une imagination débordante.

J'y passe des nuits, à écrire des biographies fantastiques, de celles que tout un chacun voudrait vivre. Je peux ainsi tester la pertinence et l'intérêt que mes récits ont auprès d'elles.

Les filles de la rue du port sont femmes des marins de passage. Elle sont rompues à toutes sortes de déviances et frustrations. La vie au long cours, elle connaissent. Elles n'ont donc pas froid aux yeux.

II

Zoé

C'est une petite femme de taille et de cerveau. Ses origines antillaises la rendent attirante, si l'on fait abstraction de son langage mâtiné d'argot martiniquais. Dans un français approximatif, elle balance quelques vulgarités, ce qui attire le chaland, croit-elle.

C'est celle à qui je réserve les aventures les plus rocambolesques. Avec elle, je suis tour à tour marchand d'armes, proxénète ou homme d'affaires spécialisé dans la fuite de capitaux dans les paradis fiscaux. Elle est si bête, qu'elle confond les trois activités, les associe et ne se soucie guère des cohérences. Elle sourit beaucoup, je pense être son client le plus attractif, j'ai droit à quelques *spéciales Antilles* grâce à mes récits qui la font décoller.

À chaque passe, elle m'avoue que sa vie ne la passionne guère, qu'elle m'accompagnerait bien en mission sous les tropiques pour se défaire un peu de son quotidien sans lumière. Je lui promets de faire au mieux, qu'un jour viendra sûrement où elle sera ma princesse des îles pour des rendez-vous dangereux, que je serai toujours là pour la protéger.

En lui disant cela, c'est à son cul que je pense, il est vrai qu'elle l'a fort charmant. Mais au Panthéon de la bêtise, je vais l'inscrire sur du marbre blanc.

III

Mon appartement est le sanctuaire de ma vie de reclus. J'y ai aménagé de quoi satisfaire tous mes besoins, à condition qu'ils ne dépendent que de moi. Un jacuzzi sous véranda orne le hall d'entrée. Je m'y glisse avec délice dès qu'un rendez-vous extérieur a pu me tendre, voire m'exaspérer. J'y lave mes dégoûts moraux et physiques. J'y passe des heures à regarder longuement le plafond. Que j'ai voulu de couleur mauve, sombre. Des lampes halogènes y sont autant de petites étoiles. C'est au ciel que je rêve, à contempler ainsi ces constellations multiples qui me font quitter un instant la pesanteur terrestre.

J'aime aussi les bulles qui me chatouillent délicieusement dans la baignoire en forme d'ellipse ; j'y renoue un certain plaisir à la présence de mon corps. C'est un peu le seul moment où je me supporte. J'aime varier la pression et m'infliger de brusques montées d'air qui provoquent de gros remous. Ainsi ballotté, j'ai l'impression d'une armée de poings venant malaxer mon corps endolori. Je me sens vivant. Alors que le reste du temps, je vis comme dans un songe.

Dans le séjour, un canapé rouge vif trône au milieu de la pièce. Il est le lieu de tous mes débordements. J'y passe des nuits entières, à griffonner sur des carnets, à fouiller dans des armoires fermées à clef, dans lesquelles s'entassent mes livres.

Je mets tout sous clef. Plus personne ne pénètre dans mon appartement, mais j'ai encore la crainte d'une visite, d'un regard étranger sur ce que je considère comme mon intimité. Le « dis-moi ce que tu lis, je te dirai qui tu es », me semble absolument vérifiable. Et je ne tiens pas à renseigner qui que ce soit sur ma nature profonde.

Les armoires sont en bois massif, du chêne, brun foncé. Des armoires XVIIIe, travaillées et ornées de pièces d'ébénisterie. La plus imposante, j'y ai enfermé mes livres les plus précieux. Des traités de psychologie clinique, des essais politiques, des biographies d'hommes de gouvernements divers, des grimoires de chimie du Moyen Âge, des encyclopédies sur les plantes et leurs bienfaits, des traités de physique quantique, d'astronomie.

La cuisine est immense, mais je n'y mets pratiquement jamais les pieds. J'ai une employée de maison dont la mission est de me fournir trois fois par semaine des plats cuisinés que je trouve rangés au frigidaire et que je réchauffe au micro-ondes. Ils sont là en quantité suffisante pour que je n'aie nul besoin de me rendre au supermarché. Ce n'est pas un luxe, compte tenu des crises d'angoisse que me procurent les lieux dits de consommation courante.

À l'étage, une chambre, au centre de laquelle trône un lit circulaire qui tient lieu de couchage. Sauf que je ne m'y rends pour ainsi dire jamais. C'était le refuge ultime de mes conquêtes féminines avant que je renonce définitivement à fréquenter la moindre petite amie. J'y avais installé des petites lampes tamisées, une sono à amplification sophistiquée, des miroirs au plafond, les mêmes que chez James Bond, un mini-bar fourni, des tapis de fourrure douce, la panoplie du parfait séducteur. Et puis ce rôle de play-boy, entre déceptions et trahisons m'a largement lassé.

En règle générale, j'évite tout contact humain, me contente de quelques amitiés surfaites, de la part de quelques personnes intéressées voire intriguées par ma personne insignifiante. Qui tentent de comprendre mais renoncent très vite face à mes mutismes et finissent, en général par se confier, prenant mes silences pour des marques d'intérêt.

Je n'aime rien. Ni moi ni ce qui m'entoure. L'insipide de la vie est une façon de ne rien ressentir. Éviter les émotions me préserve de bien des choses. J'ai en horreur le moindre cri, la moindre colère. Devant ma télévision, il m'arrive de changer de chaîne lorsque dans un film, j'assiste à la dispute de deux personnages. Me retrouver dans un tel état d'angoisse – me faisant trembler de la tête aux pieds – débouche généralement sur la prise instantanée d'un verre de bourbon, seul expédient pour me calmer.

J'ai construit ma légende personnelle à partir de bribes d'éléments biographiques que, patiemment, j'ai mis bout à bout, jusqu'à reconstituer un passé qui me convienne, au détriment de la vérité.

Seule ma fortune personnelle bien réelle est une entorse à cette règle bien établie de fausseté, de mégalomanie, de récits empruntés à d'autres, de mépris à l'égard de toute forme de compassion. J'aime beaucoup inventer des personnages dont la fortune est excessive, ce qui garantit une vie pleine de rebondissements.

Je dois être le seul milliardaire à me pourrir ainsi la vie sans en retirer la moindre joie ni le moindre profit.

Je suis froid, calculateur à force d'indifférence, dépourvu de tout ce qui concerne le sensible, engoncé dans une armure qui me préserve surtout de moi-même. Incapable d'introspection jusque-là, dénué de toute gratitude, n'éprouvant que l'immense vide que ma vie représente. Mes rares moments d'extase sont ceux où je parviens à édifier un autre que moi, pourvu de tout ce qui me manque.

Un tel cynisme aurait pu me conduire à une carrière politique. Je me suis employé, au sortir de l'ENA, à ne surtout pas emprunter les chemins qui m'y conduisaient.

Je n'ai aucune vision d'un avenir sociétal, fait de projets, de projections ou de programmes précis qui consistent à faire perdurer le système en place.

Mes seuls intérêts politiques, je les réserve aux pouvoirs totalitaires où le règne d'une personnalité forte fait endosser à l'ensemble d'une société donnée tout le mal dont elle est capable. Ainsi ces dérives autoritaires viennent combler les manques et frustrations de despotes en mal de vivre dont je me sens si proche. Je les aime car ils me correspondent. Je veux dire que je les comprends. Tuer, éliminer ses opposants, quoi de plus logique pour celui qui ne peut supporter les antagonismes.

IV

Aujourd'hui est un jour spécial. J'ai reçu un coup de téléphone d'un vieil ami, métayer retraité, pas revu depuis plus de trente ans. C'était un ami de feu mes parents, qui est probablement la seule personne à connaître quelque peu ma vraie histoire, mon passé et ses encombrements.

Nous avons pris rendez-vous pour la fin de la journée. Il souhaite m'inviter à manger, je suis attendu à la rue Dauphine sur une terrasse, non loin de restaurants réputés.

V

Arthur est un gars étrange. Il parle par périphrases sans que je comprenne grand-chose à ce qu'il dit. Tout est dans les silences avec lui. Ou plutôt, ses non-dits sont éloquents. Un peu comme si trois points de suspension terminaient chaque phrase. Depuis trente et quelques années que nous ne nous sommes pas vus, son cheveu a blanchi et ses sourcils recouvrent la moitié de ses yeux, en broussaille épaisse. Derrière ce visage hirsute se dissimule mal un regard bleu acier qui semble vouloir jeter des éclairs à chaque instant.

Je retrouve des frémissements, identiques à ceux de l'enfance, lorsque mon regard croise le sien. Il me parle d'une voix doucereuse, entrecoupée de longs silences. Et je comprends, au fur et à mesure de ses dires, l'ampleur des dégâts. Oui, il en sait beaucoup trop. Sur mon père, abruti par le travail, qui s'épuisait à travers champs, à cultiver des terres ingrates, pour le compte du propriétaire. Oui, il a chuté dans un fossé avec son tracteur, sans que l'on ne sache jamais si la fatigue ou le bête accident en était la cause. Oui, la mère, en est morte de chagrin. Oui, c'est Monsieur le propriétaire qui a pris en charge l'enfant que j'étais. Oui, la mémoire et l'honneur de feu Monsieur sont en cause. Oui, il sait. Oui, il peut parler.

Depuis qu'il a confié le secret à un journaliste, il est question d'argent. Sur la livraison de preuves, le journaliste crapuleux est prêt à allonger l'oseille. Pour le faire taire, je pourrais aussi. Il suffirait que je fasse preuve d'un peu de largesse pécuniaire.

Notre conversation au restaurant est tendue. Le vieil homme qu'il est devenu semble avoir perdu toute forme d'empathie. En cela, nous sommes paradoxalement devenus encore plus proches qu'à l'époque où sa grosse main prenait celle de l'enfant que j'étais et tentait de réconforter le gosse brisé qui venait se réfugier vers lui, les yeux embués de larmes.

On voit très vite lorsque la haine s'installe chez quelqu'un. Les yeux hagards et sans éclat, les mâchoires serrées, le regard fuyant, autant de signes qui ne trompent pas. Avec un moteur absolu, l'appât du gain. L'argent. Ce sale argent qui pourrait faire tuer père et mère. La haine donc et le mépris. Ce que je connais si bien depuis tant d'années. Une misanthropie sans bornes, une détestation de l'espèce humaine, faite de ressentiments et de blessures non refermées. Qui peut mener à une haine de soi. Forte. Implacable. La désillusion suprême. Qui coupe tous les élans. Qui donne envie de se terrer. À dix pieds sous terre. Enterré vivant. Vivant mais absent de tout.

J'insiste auprès d'Arthur en lui tendant un miroir. En lui disant de regarder ce que je suis devenu. Et que non, l'argent n'a rien changé. Rien ne peut atténuer les affronts, les coups bas, les innommables. Rien ne répare. La haine est ancrée au plus profond. Et son chantage n'y changera rien. Lui-même ne pourra effacer quoi que ce soit. L'argent ne procurera aucune consolation. Ni ne l'exonérera de ses actes de l'époque.

VI

Salir la réputation du vieux, je n'en ai rien à faire. Dévoiler à la face du monde son jeu pervers, me laisse dans un état d'indifférence totale. Dénoncer les agissements des uns et des autres est sans intérêt. Seule la presse à scandale peut rebondir, il est vrai qu'il y a de quoi s'en mettre sous la dent.

Là où il sait pouvoir m'atteindre, c'est en brisant l'anonymat que je me suis patiemment construit. Ma vie sous pseudonyme. Ma non-vie devrais-je préciser, celle de celui qui n'existe pas. Une vie par procuration en somme. Mais pour la presse, c'est l'ensemble des événements, leurs liens subtils, entre passé sordide et présent dissimulé qui font la carotte de l'histoire.

Nous nous quittons fâchés. Il me lance une dernière phrase :

— Tu auras de mes nouvelles, très vite.

Ce rendez-vous avec Arthur me laisse songeur.

À l'aube de la cinquantaine, sans descendants, sans famille de ce monde, je m'effiloche sans but si ce n'est celui de me dissoudre dans le rien.

Il va de soi qu'une vie monastique, reculée et isolée de tout contrat social pourrait me satisfaire, mais l'idée de côtoyer quelque congénère réfrène terriblement ce désir de mode d'existence. D'autant plus que le collectivisme qu'il implique, que ce soit dans l'adhésion à des croyances communes comme l'effort communautariste en lien avec le bon fonctionnement monacal me révulsent avant même d'y penser plus avant.

Rêvasser dans mon jacuzzi et maugréer est la façon de me tenir en vie. Je peste contre tout, intérieurement. Les étrangers qui envahissent ce pays de guignols dans lequel je vis, ces paysages qui ne m'enchantent guère, les vieux décatis, les gosses et leurs cris, les ménagères du supermarché, mes voisins de palier, la concierge aimable, le facteur et ses factures, le monde dans sa déchéance, les mauvais littérateurs en tête des ventes, la tête des imbéciles présentateurs d'informations qui ne m'intéressent pas, la technologie à la petite semaine qui m'ennuie, surtout lorsque je suis planté par mon ordinateur.

VII

Martha

Elle est suave et légère. Je la contemple souvent plutôt que la toucher.

Je lui ordonne d'une voix froide de se déshabiller lentement, devant moi et de s'étendre sur le lit. Ses années de trottoir lui donnent une maturité que peu de femmes ont. Elle semble avoir fait le tour des différents profils d'hommes se présentant à elle. Plus rien ne peut la surprendre. Avec elle, pas de récits fantastiques, pas de vie à inventer pour la faire rêver. Elle est ma chose. Mon objet fétiche. Mon plaisir onanique. Elle est, sans exister vraiment, un simple réflexe venant combler mon besoin d'autorité. Je dis, elle s'exécute. Un peu plus chaude qu'une poupée, un peu moins figée. Mais surtout, sans aucune initiative. Et de la voir couchée, étendue, jambes écartées, se caresser, me procure un plaisir violent. Je me fonds en elle. Uniquement par l'esprit. Je suis la progression de ses doigts, sa bouche, ses reins. Ma main s'empare de mon propre sexe, alors que son plaisir à elle monte en vagues successives. Ce n'est pas le fait de durcir qui m'emplit, mais de la voir livrée ainsi à sa propre caresse sous l'impulsion de mon seul désir, c'est cela qui me tend, m'excite au plus haut point jusqu'à l'étourdissement final, où je l'asperge de mon sperme dans un cri de délivrance.

VIII

Fuir la vie, c'est ce que je fais le mieux. M'inventer une autre identité, tant je m'en voudrais de considérer mes activités comme étant dignes d'intérêt. Les heures creuses sont autant de petites graines que je m'évertue à semer en espérant surtout ne rien voir pousser. On appelle cela la dynamique de l'échec et pourtant tout me réussit. Avec une insolence rare.

Ma propension à me saboter atteint parfois des sommets et pourtant mon degré de succès est inversement proportionnel au soin que je prends à ce que rien ne fonctionne.

J'ai noirci des pages entières de logorrhées qu'une ex un peu salope s'est amusée à envoyer à un éditeur de la place. Ainsi s'acheva toute tentative de réitérer quoi que ce soit en matière de relation avec une femme. Depuis cet épisode, ormis les filles de joie, le féminin me révulse.

Sous un faux nom, mais à la bonne adresse, j'ai reçu une missive enthousiaste de l'éditeur qui me proposait un contrat. Cela m'a presque amusé. Une fois débarrassé de l'effrontée, j'ai, par jeu, tenté d'aller voir un peu plus loin. Le succès de librairie fut fulgurant. Et je croulai sous les demandes d'interviews via mon éditeur. Je pris un grand plaisir à les refuser systématiquement. Derrière mon masque, j'intriguais, cela ne fit qu'augmenter les demandes. Elles finirent par me lasser. Je me contente aujourd'hui d'empocher mes royalties, ce qui, compte tenu de l'état de mon compte, relève de l'indécence. Quinze romans plus tard, je noircis toujours, mais pas l'ombre d'un semi-échec. L'argent s'amoncelle, avec ses odeurs funestes et pestilentielles.

Peut-être qu'Arthur, sans le vouloir, détient la solution à ce qui me pèse, au bout du compte.

IX

Diana

Elle paie pour tous les autres. Elle en a fait sa spécialité. Chevaucher, cravacher, grimper aux rideaux (au sens propre comme au figuré), mordre en rageant, crier, invectiver, rabaisser, humilier, sa panoplie est sans limites. Elle punit pour qui en a besoin, se fait punir pour qui l'éprouve comme étant nécessaire. À la disposition de chacun. Elle prend cher mais cela vaut le coup.

Suivant l'état de mon moral, je me pointe au défouloir. Qu'elle en soit la maîtresse ou la victime, s'ensuit toujours immanquablement une décharge d'adrénaline. À l'aube d'une vieillesse décrépie, j'ai compris depuis longtemps qu'on revisite sempiternellement les mêmes routes, les mêmes paysages, à fréquenter le même type de personnages, le même type de comportements.

On croit résoudre à revisiter mais on s'enfonce dans un paquet de nœuds dont on éprouve la difficulté à se dessaisir, emporté par des compulsions qui ne nous mènent nulle part. Vivre et revivre afin d'effacer le cauchemar. Y croire et se planter. Indéfectiblement coupable d'avoir été. Et selon le degré de souffrance, vouloir punir ou en être puni. Ainsi, rejouer la scène, l'explorer sous tous les angles, s'y attacher en croyant s'en défaire. Rendre le récit consubstantiel à soi-même. Et finir par ne plus jamais s'en détacher. Comme un frère siamois, aimanté à soi. Évacuer sa haine de l'autre, dans l'acte désespéré du faire souffrir, y voir l'aboutissement d'une vengeance personnelle qui ne satisfait en rien. Et puis s'en vouloir de cela aussi. Alors reprendre le chemin de l'inacceptable, celui qui mène à l'innommable.

X

La nuit me fut douce. C'est peut-être même la première fois qu'elle fut ainsi. Un rêve s'est poursuivi jusqu'au matin, me laissant pantois. J'ai revu mes années de tendre enfance. Sont apparus les champs de blé, les troupeaux de vaches, chèvres et moutons que j'aimais tant visiter. Sur mon petit vélo, à peine plus grand que moi, je faisais le tour du domaine, prenant garde à ne pas ramener mes pantalons tout déchirés. Ce qui faisait un peu trop partie de mes habitudes, au goût de ma mère.

Ma mère et son visage de douceur. Ma mère et ses mains de besogneuse, à taper le linge avant de le suspendre, pour bien le lisser. Ma mère et son fumet de soupe aux légumes, auquel nous faisions honneur, y ajoutant un morceau de lard que père coupait de son couteau de poche. Le sourire de mère à nous voir nous régaler. Les chaussures de père, fumant à côté de l'âtre, toutes crottées de sa journée. La pipe à rembourrer laissant présager une délicieuse odeur de tabac, mélange de vanille et de bois fumé. Les récits de mère au coin du feu, à nous lire des chapitres entiers du *Comte de Monte-Cristo*, récits auxquels j'adhérais au point de m'imaginer des aventures semblables. Nous avions peu, nous n'étions pas grand-chose, mais cette vie simple, emplie de bonheurs petits et sincères faisait de notre maisonnée un havre de paix et de sérénité. Rien ne peut mieux aider un petit à grandir, lorsque l'amour de ses parents vient à suppléer tout manque matériel. C'était la vie d'avant. Je l'avais complètement oubliée. Elle m'est revenue cette nuit.

XI

Je considère l'écriture comme l'accomplissement absolu de ma détestation. J'y dépose mes haines et frustrations avec délectation. Ce n'est pas un travail, c'est un défouloir. J'y accomplis la plus pure expression de moi-même. Elle me permet de me fuir. De m'inventer des vies auxquelles je m'identifie, venant ainsi combler mon immense sensation de vide. L'écriture est l'arnaque absolue. Le grand déversoir où pulsions et fantasmes peuvent enfin éclore. Mes nuits prennent sens à la naissance des aventures de mes personnages. Mon sentiment d'inutilité n'est guère effacé mais j'ai au moins l'impression de vivre toutes les procurations que je m'octroie.

Cette adresse à moi-même aurait très bien pu rester telle quelle, si l'autre enfoirée ne s'était pas emparée de l'un de mes manuscrits. Mon succès actuel ne cesse de m'étonner. Si je continue le jeu, c'est à condition de rester absolument anonyme. Je sens très bien les torrents de sympathie que je provoque, mais il me serait impossible d'y répondre, tant l'idée même de l'autre, lecteur de surcroît, me remplit de dégoût, voire d'effroi.

Parler aux filles et leur servir sur un plat une partie de mes récits me permet de vérifier la vraisemblance de ce que j'invente. Dans l'oralité, je trouve enfin de quoi satisfaire mon côté cabotin. Me faire passer pour un autre, à m'inventer des vies, grâce au truchement romanesque, m'embarque dans des postures de jeux de rôles. Tout ce qui vient de moi en étant totalement autre peut m'aider à m'accepter un peu.

Certains jours, je pense au conservatoire d'art dramatique comme à un lieu dans lequel j'aurais pu m'épanouir. Mais l'idée même de tendre vers un léger mieux me donne presque envie de vomir.

Je sais depuis longtemps, grâce à l'ENA, que la langue et ses subtiles entourloupes sont exactement ce qui me correspond. Le faire croire et faire semblant sont à la pointe de ce que je fais le mieux. Comme un raté, qui réussit alors que tout lui échappe. Dans le malgré soi, sous la bienveillance du ciel, alors que je m'escrime à vouloir disparaître.

Je pêche par absence d'égocentrisme qui n'est que la manifestation d'un ego démesuré, trop grand pour exister vraiment.

XII

Agnès

C'est une mère totale. Ronde et épaisse. Enveloppante, douceâtre, dégoulinante de bons sentiments. Elle m'a conduit à me laisser faire. Dans sa graisse et ses plis, je peux me construire une tanière. Dans laquelle je lâche un peu de cette enfance honnie. Elle recompose et restitue l'image maternelle malmenée, en me la confiant telle une mère suffisamment bonne. Nous avons poussé le lien plus loin. Dans ses bras, je suis le nouveau-né qu'elle allaite, l'enfant chagrin qu'elle console, le chenapan qu'elle gronde gentiment, le bon petit qu'elle récompense par des baisers vigoureux, Et je suce pendant des heures ses seins durcis par le plaisir. Et je m'abandonne à ses gestes précis, lorsqu'elle me lange ou me tapote les fesses avec sa poudre d'argile. Dans les roulis d'un berceau fabriqué sur mesure, je me laisse bercer alors qu'elle me chantonne des chansons d'autrefois, de sa voix étonnamment fluette pour sa corpulence. Agnès trouve grâce à mes yeux. Je ne peux pas la maudire. Elle me réconcilie avec la part de mon enfance en maltraitance.

XIII

Arthur m'a appelé. Le journaliste l'a relancé. Ça sent l'embrouille. Il était tendu. La mise a doublé. L'occasion est trop belle pour lui. Je n'ai guère le choix. Si je veux le faire taire, je dois allonger de quoi le faire tenir tranquille. Il m'impose un délai. J'ai jusqu'à la fin du mois pour me décider.

XIV

La nuit fut agitée. Se faire trahir par un ami d'enfance, passe encore. Même si j'ai souvent douté de la sincérité de ses intentions, déjà à l'époque.

Renoncer à mes prérogatives ou maintenir le secret en l'état me conditionne. Je suis perplexe. Gagner et maintenir ma tranquillité au prix d'un effort financier me révulse. C'est à l'encontre de mes principes de base. Je ne peux pas imaginer l'idée d'une quelconque générosité et encore moins d'une soumission à un chantage.

Non que l'argent présente le moindre intérêt à mes yeux, même s'il a été le prix à payer de mon silence absolu et me permet de vivre au-dessus de toute contrainte. Mais c'est un moyen qui m'a fait gagner une indépendance et un recul total sur l'ensemble de ma vie.

Je sais. Il est pris à la gorge. Sa retraite ne lui suffit pas. Je serais en quelque sorte son sauveur. On m'attribue un rôle que je n'ai pas choisi. Cela m'embarrasse.

D'un côté, il obtient mes faveurs au prix d'une pression qu'il exerce à mon détriment, sous prétexte de le sauver lui. De l'autre, je suis sous la menace d'une exécution qu'il sait me poser d'énormes problèmes. Exposer publiquement cette affaire et rendre publique mon identité d'auteur, j'avoue ne pas cautionner.

J'ai construit ma vie à la déconstruire. L'idée de n'être rien, pour personne et avant tout pour moi-même, m'a fait atteindre un sentiment de détachement que je répugne à quitter.

XV

À la rue du port, ça cause. J'ai croisé Lisa. L'une de mes spectatrices, émue par mes récits d'aventures. Elle me fait part de certaines incohérences. Depuis le temps, les filles m'ont repéré. Avec mes vies multiples, il me faudrait un karma de chat pour les contenir toutes. Lisa me le pose cash.

— T'es un peu mytho toi ?

— Qu'est-ce que ça peut bien te foutre, je lui réponds du tac au tac.

— Y a qu'on va plus vouloir écouter tes conneries... elle argumente, la conne.

— Je vous paie assez pour...

— Ouais, mais on peut raccourcir aussi, pour le même prix. Tu nous fais perdre du temps avec tes histoires...

— Ça y est, t'as créé le syndicat des putes, à ce que je vois ?

— Nan, mais on cause et on s'étonne, nous prends pas pour des demeurées...

— La plupart d'entre vous, vous les aimez bien mes histoires, je dirais même que ça vous distrait un peu et ça vous change des plaintes sempiternelles de pauvres mecs avec bobonne...

— C'est pas faux, concède-t-elle.

— Y'en a même qui s'éclatent, j'affirme, sûr de moi.

— Tant que toi tu t'éclates, c'est un peu le deal de départ, mais à l'arrivée faudrait voir à pas trop bouffer notre temps, c'est tout. Tes incohérences, t'as qu'à en faire des romans. Ça te fera une distraction...

Je retiens un sourire. Même un éclat de rire à vrai dire. Mais je sais que désormais, il me faudra ralentir mes envies de comédien frustré. Et m'inventer un autre public, à qui narrer mes récits rocambolesques. Mais pas une seconde, je n'imagine faire de mes lecteurs un possible auditoire, dans la vie de tous les jours.

XVI

Un courrier m'avertit. Mon éditeur s'inquiète. Le dernier roman paru n'atteint pas le score de ventes escompté. Il attribue ce fait, non pas à une quelconque baisse de qualité d'écriture, mais il l'impute à mon absence totale de présence en promotion dans les médias. Le petit monde littéraire, après s'être excité sur mon identité véritable ou supposée, en m'attribuant le nom d'auteurs tous plus ou moins célèbres, tout en ne comprenant pas l'intérêt de me dissimuler derrière un pseudonyme, a fini par se résoudre à une possible vraie identité, derrière laquelle un homme ou une femme, mystérieux(se) se dissimulerait, pour cause de pudeur ou par stratégie de marketing.

Je sais que la plaisanterie passe de moins en moins. Et tout m'indique, entre ce courrier et l'attitude d'Arthur, qu'il me faudra bientôt passer outre ma délicieuse quiétude, ce confort désuet dans lequel je suis installé depuis fort longtemps. Je ne me sens pourtant aucune vocation à faire le zouave pour des guignols, patentés ou pas. Mais là n'est pas la question. Je décide à qui je révèle, où je cause et quand ça me plaît. Certainement pas pour satisfaire le portefeuille d'un éditeur déjà largement rétribué par mes succès et encore moins pour mes droits d'auteur dont je n'ai aucune espèce de besoin et dont je ne vois pas l'utilité, hormis l'étonnement que cela me procure d'imaginer tous ces lecteurs assoiffés par mes inventions on ne peut plus surannées et sans intérêt, selon moi. Je ne me satisfais de rien. Encore moins de ma propre production qui n'est que le déversoir de mes pensées absurdes.

XVII

Anna

C'est la camée du coin. Squelettique, anorexique, hystérique, névrotique, borderline. Comme si toutes les pétasses du monde étaient réunies en une seule. Quand sa dose de came vient à manquer, elle est objectivement insupportable. Les filles la détestent. Elle casse les prix. Et quand elle est défoncée, elle en oublie même de se faire payer. Son statut de victime m'amuse énormément. Je passe parfois la voir, en me débrouillant pour lui apporter de quoi décoller. J'ai ainsi gagné sa reconnaissance éternelle. Le spectacle de sa déchéance m'enchante. J'aime la voir se traîner, me supplier de lui donner sa dose, ramper et me lécher les pieds. Elle est l'expression absolue de celui que je pense être. Dans ma fantasmagorie, j'aimerais pouvoir me comporter ainsi, sans souci des apparences, telle une loque, en totale absence de convenance. J'y vois l'ultime façon d'acquérir un certain sens de la liberté. Sans peur du jugement, au mépris du regard des autres. Anna est ma sœur de bitume. Mon double, ma ressemblance profonde en gros plan, celle qui contient toutes mes déchirures. Je me complais à la contempler comme le miroir inversé de ma propre déchéance. Elle est le trouble qui m'habite. Je ne la fréquente que pour exulter de la voir s'enfoncer. Comme le symbole de ce qui pourrait m'arriver si je lâchais le peu qu'il me reste de conformité.

XVIII

Mon prochain roman se déroule en pleine guerre d'Algérie.

L'histoire d'un réserviste comme tant d'autres. Qui se demande ce qu'il fout dans cette galère, au début. Qui se fait embarquer. Laver le cerveau. Débusquer à des endroits inattendus. À l'origine, un fils de bonne famille aux idées apparemment claires. Pour lequel une certaine morale avait cours. Mais qui prend peu à peu plaisir à casser du bougnoule. À infliger les pires sévices. À faire cracher le grand n'importe quoi sous couvert d'ordres. À découvrir puis exercer son propre pouvoir. Les joies de l'adolescence post-pubère, à qui tout est permis. Comme un renversement idéologique et le maintien des apparences pour sauver la face.

Or il se trouve, que j'exulte en écrivant ceci. À la manière d'un miroir, mon jeune héros m'autorise tous les débordements. Par le truchement de sa voix, je peux exprimer au grand jour, encore un livre qui va se vendre, mes haines ordinaires mais aussi celles qui ne franchissent pas le seuil de l'intime, en principe.

J'y vais de toutes mes digressions. Et elles sont nombreuses. Ma haine des autres en est comblée, même si l'aspect racial n'est qu'anecdotique au départ, je peux enfin combler mes désirs d'expression. M'en donner l'occasion, c'est m'affranchir de toute censure. On y verra l'*homo horribilis*, le témoignage d'une époque affreuse et j'y vois secrètement comme un regret, celui de ne pas avoir vécu ce que je pense être une époque exaltante à plus d'un titre.

Mes petites aventures avec Diana me font sourire, à côté de ce que j'invente de supplices, de délices infernaux, de tortures raffinées ou brutes, symboles de ma détestation. Mossu ne m'aurait pas renié. Je pense être à la pointe de ce qui a pu réellement se faire, je pense aussi en rajouter suffisamment pour que l'on m'octroie la palme du plus grand des bourreaux. Je me découvre non seulement profondément misanthrope, ce que je savais déjà, mais également misogyne absolu, raciste au dernier degré et terriblement désabusé, ce qui me conduit à une forme de fanatisme que j'ignorais. La charge comique que cela représente me fait sourire. Moi qui me pensais proche du zéro absolu, insignifiant par ma non-existence avérée, je découvre le feu sacré de l'adhésion à des idées. Pour la première fois de mon activité pseudo-littéraire, je me passionne pour mes écrits, leur trouve une légitimité qui m'occasionne surprises et enchantements. Plus mon héros s'enfonce dans des actes répréhensibles, plus j'y vois des raisons de me déchaîner. L'OAS, les expéditions punitives, les missions de moins en moins officielles, le culte du secret d'État, la clandestinité, l'approbation des chefs, les aveux comme autant de victoires arrachées par des supplices, les exécutions sommaires après yeux et langues extirpés des corps, la joie des militaires face à l'ignoble, la fraternité du *tous complices*, les beuveries pour oublier, le sentiment de hors-la-loi à qui plus rien n'est défendu, mon clavier d'ordinateur résonne toutes les nuits de cette singulière jubilation qu'il y a, à décrire et écrire l'innommable.

Cet opus me rend presque vulnérable. Je comprends avec lui à quel point mon anonymat m'est indispensable. J'y révèle trop de ma propre personnalité. Il me devient clair que je ne peux pas risquer de dévoiler ou faire dévoiler qui est derrière mes écrits. Jusque-là, je m'étais contenté de narrer des aventures quasi idylliques, de quoi faire rêver les ménagères et les amoureux transis. Ici, ma verve littéraire explose vers des tréfonds qui me ressemblent trop.

Ma décision est prise. Je vais marcher dans la combine d'Arthur. Si c'est le prix à payer, je vais cracher au bassinet.

Nous convenons d'un mode opératoire fort simple avec Arthur. Au téléphone, je suis bref, précis et concis. Il renonce à toute dénonciation, je lui transfère la somme réclamée, tous les 30 du mois, en échange de son silence absolu. Rien ne doit transpirer, ni en direction du journaliste, ni vis-à-vis de qui que ce soit. Sur rien. Ni sur mon identité, ni sur mon passé. Encore moins sur celui de mon beau-père. Ni sur ses agissements ou ceux de ma prétendue mère. Encore moins sur ceux de ma mère véritable. J'en profite pour lui rappeler son rôle joué à l'époque. Il est certain qu'il comprend l'allusion, cela devrait suffire à calmer toute embrouille, tant lui-même a fort à perdre également. Il sait.

XIX

La salle est enfumée. Y règne l'obscurité hormis une petite lampe laissée allumée. J'en ai vu des gardes à vue. Vues et lues. Mais jamais la mienne.

Dix heures d'interrogatoire, cela vous torche un homme. Au sens propre comme figuré. J'ai lâché quelques bribes, pas pu faire autrement. Monsieur, mon contrat tacite avec lui. Mon désir d'en finir. Le silence contre l'héritage. Sa disparition suspecte. L'alcool de Madame. Les agissements du métayer. Qui voulait me sauver. Ou me le faisait croire. Ma complicité. Nos unions contre nature et le serment d'en finir qui nous liait. Je leur crache un peu de tout. Mais pas mon activité d'écrivain. Ça, je ne peux pas. Je le vivrais comme un second viol. Un de trop.

Le commissaire Lavoine a des années de route. Un vieux briscard à qui on ne la fait pas. Il essaie de me cerner. M'entourloupe à des endroits inattendus. Me détricote ma vie. Me surprend par des affirmations sans fondement apparent. Comme si une enquête en bonne et due forme avait déjà eu lieu. Me questionne sur mes fréquentations, mes habitudes, mes fondamentaux de vie. Il me semble le surprendre, tant ma non-vie est dénuée d'intérêt et tant je m'en vante. Il prend cela pour une forme de dissimulation. Il se trompe. Mais insiste lourdement.

De quoi m'accuse-t-on précisément. De complicité du meurtre de Monsieur. Quarante ans. Il y a quarante ans exactement. De l'agression d'une prostituée, au doux prénom de Diana, laissée pour morte après une attaque sauvage qui l'a conduite dans un état de semi-mort à l'hôpital.

XX

Qui a craché. Qui a dégommé. Qui a vendu son âme au diable. Le journaliste ? Arthur et ses virements qui ne suffisaient pas ? Lisa, et sa pseudo-solidarité de pseudo-syndicat de la prostitution du bitume ? L'ennui, dans tout cela, c'est que je n'en sais rien. Le commissaire est plutôt discret à ce sujet. Il a des informations. De quoi prolonger ma garde à vue, mais quoi exactement, je n'en sais rien. Il n'a pas dévoilé son jeu. Me tient par les couilles. À faire celui qui sait, sans que je sache exactement de quoi il retourne. Trente-huit heures de garde à vue sans discontinuer, cela vous marque un homme.

DEUXIÈME PARTIE

I

Le domaine des Combes est un domaine viticole depuis 1863. Son vin est réputé. Il s'étend sur plus de cent-soixante hectares. On y pratique également le maraîchage et différents animaux de ferme y sont élevés. Des vaches, poules, lapins, moutons, chèvres et quelques dindons pour le folklore. Tout ce petit monde nécessite une main-d'œuvre importante. Composée d'ouvriers agricoles, de fermiers aguerris, de domestiques en tout genre. La vie y est à la fois paisible et turbulente. Pour un enfant de six ans, c'est un monde fait de découvertes, de surprises et d'enchantements. Mes parents sont à demeure. Dans une petite maison attenante, ils sont parmi les employés fixes du domaine, y vivent et y travaillent à l'année. Nous formons une petite famille, heureuse de son labeur, aux journées bien remplies, avec de quoi vivre chichement mais pleinement.

La famille Gindre en est propriétaire, depuis la création du domaine, de père en fils. Une tradition reconduite de génération en génération, avec ses spécificités dans le domaine viticole. Qui font sa richesse et sa renommée. Le reste des activités est placé sous les ordres d'un métayer, qui organise et coordonne les saisons. Fait fructifier les plantations et agrandit le potentiel des élevages en l'augmentant d'année en année.

Pour un enfant de mon âge, c'est une école de vie. Dès que je m'échappe de l'école, je fonce aux champs, participe aux tris des bêtes, donne le biberon aux nouveaux-nés, capture les chèvres récalcitrantes, me fait réprimander gentiment lorsque mes occupations outrepassent ce qu'il m'est accordé de faire, par mon père, bourru mais tellement brave malgré tout. Et j'ai ainsi droit à une double ration de pommes de terre lorsqu'il estime que j'ai fait ma part, au repas du soir devant la cheminée. Il ne le dit pas, mais je sais qu'il est fier de son fiston, qui prend tant à cœur le métier de son papa.

Mes camarades de jeu sont tous issus du même milieu social. Cela facilite nos rapports et nos amusements. Pas de discrimination de classe, pas d'enjeux sur nos origines fort diverses. Je peux échanger ma bicyclette contre une trottinette le temps d'une balade, avec le fils d'une femme de ménage rattachée à la maison du Maître sans m'attirer les foudres de qui que ce soit. Ici, tout le monde est au même niveau. Nous dépendons tous de Monsieur Gindre, qui nous témoigne attention et bienveillance.

II

Grand chambardement au domaine des Combes. Monsieur Gindre vient de mourir, atteint par une attaque cérébrale qui l'a laissé pour mort. Les perspectives et les pronostics pour la suite vont bon train. Qui va reprendre ? Le fils aîné est à Cambridge. Le cadet ne semble pas intéressé. La fille, benjamine, serait preneuse, mais un tel domaine dans les mains d'une femme, ce serait une première. Madame Gindre, veuve, a le pouvoir de décision. Elle ne s'est jamais trop mêlée des affaires de son mari, déplorant que sa fille unique se dirige ostensiblement vers des études viticoles.

Le temps est comme suspendu à ses décisions. Tout le domaine en tremble, pleurant la disparition de son mari, lui, si bon, si humain dans ses manières de traiter l'ensemble du personnel. Je pressens confusément que mon temps d'enfance s'arrête là. Que l'avenir réserve de bien mauvaises surprises. Que le temps de l'innocence a fait son temps, également.

III

Mon monde s'est effondré. Père en a été l'une des premières victimes. Le régime de bienveillance au domaine a cessé. Un magnat du pétrole en est le nouveau propriétaire. Monsieur impose sa loi, sa rigueur, son autorité. Par personnes interposées, c'est un régime de travailleurs forcés qui règne maintenant au domaine. L'exploitation porte bien son nom. On y travaille beaucoup, avec un rythme de forçat, les terres autour se sont agrandies, les cultures ont doublé, l'élevage prend des proportions industrielles. Avec le même nombre d'ouvriers agricoles et quelques contremaîtres pour assurer la mise en œuvre des exigences.

Mon père rentre de plus en plus fatigué. Et de plus en plus tard. Il se referme sur lui-même. Devient taciturne. Presque désagréable. Mère tente de le réconforter. Sans succès. La vie est devenue un bagne. Nous perdons ensemble le goût de la vie.

Je croise Monsieur dans mes errances à bicyclette. C'est un homme grand et fin, aux cheveux lisses et blancs coiffés en arrière. Il marche avec une canne au pommeau argenté. Son regard scrute les alentours, en quête de quelqu'un à réprimander. Les enfants qu'il croise font un détour pour ne pas risquer d'avoir affaire à lui.

L'ambiance est tendue. En cachette, nous, enfants, nous nous racontons nos détresses respectives.

Il y a le chemin de la rivière. Nous nous baignons dans cette rivière depuis notre plus tendre enfance. Les adultes ne connaissent pas son existence. Il faut dire qu'elle coule en contrebas du domaine, à l'abri des arbres et des fourrés. Que la forêt est bien épaisse avant de réussir à la trouver. Elle est toute petite, notre rivière, mais elle représente notre Amazone à nous, notre forêt vierge imaginaire. Depuis toujours, nous avons convenu de ne jamais dévoiler son existence à un adulte. Les quelques poissons que nous avons réussi à y pêcher, nous avons fait en sorte de les cuire en cachette et de les consommer avant de rentrer sur le domaine.

Autour de la rivière, l'heure est moins joyeuse. Nous pressentons que l'avenir nous réserve bien des désagréments.

Plusieurs rumeurs circulent à propos de Monsieur. Il passerait beaucoup de temps en compagnie des plus jeunes domestiques du château. Nous n'en savons guère plus, mais nous frissonnons en imaginant le pire. Dans un mélange d'effroi et d'excitation. Nous peuplons nos récits de situations anxiogènes, comme des empreintes de nos frayeurs, pour les transcender. Monsieur est l'archétype de nos angoisses et fantasmes. Il est celui qui incarne le mal absolu. Qu'il nous faut fuir à tout prix. Cette terreur qu'il fait régner nous apeure et peuple nos nuits. Le grand homme habillé de noir est devenu notre bête noire. Celui qui fait pleurer les enfants et détruit nos parents. Nous échafaudons des plans de représailles, sans que nul ne soit en mesure de les mettre à exécution. Nous sommes pris au piège. Sans aucune possibilité d'en sortir. La terreur semble avoir gagné.

IV

C'est le métayer qui est venu frapper à notre porte. Mère et moi sommes à table, dans l'attente de père. Qui n'est toujours pas là.

En deux secondes, mère s'effondre. Le métayer la retient alors qu'elle glisse au sol.

Père a eu un accident. Le tracteur s'est renversé. Avec lui dessous. Ils ont réussi à le dégager. Mais sa poitrine est fracassée. Il vient de mourir alors que l'ambulance tarde à arriver.

Je me lève d'un bond et quitte la table sans un regard pour le métayer ou mère. Je cours aussi vite que je peux en direction du champ voisin. Le labour des pommes de terre a commencé. Je vois dans la nuit, clignoter la sirène de l'ambulance. J'accélère ma course et j'arrive sur les lieux, à bout de souffle. La vue de papa sur la civière me fait échapper un cri. Un petit attroupement de personnes est réuni autour. Je sanglote, agrippé au drap blanc qui recouvre père. Une tache de sang macule déjà l'ensemble, formant un agglomérat sombre au-dessus du corps. Le médecin referme sa serviette. Il me prend doucement dans ses bras et m'arrache de la civière.

— C'est trop tard, petit. On ne peut plus rien faire. Il te faut être fort. Pour toi. Pour ta maman.

V

Mère est prostrée. Des jours et des nuits, je tente de la consoler. Le médecin est venu plusieurs fois. Elle refuse de se nourrir et de quitter son lit. J'erre dans le domaine où je crois voir papa dans chaque champ, sous les cerisiers en fleurs, dans les granges à paille, parmi les troupeaux de chèvres. Je crois le voir, mais dire que je le cherche est plus exact. Sa présence me hante. Je crois sentir encore sa main calleuse sur ma joue.

L'enterrement a été suivi par l'ensemble du personnel du domaine. Chacun semblait affecté. Monsieur était représenté par Madame. Elle a soutenu maman tout au long de la cérémonie. C'est une dame très maigre, très élégante aussi. Un grand chapeau aux larges bords cachait ses yeux. En marchant à côté d'elle, j'ai bien vu ses yeux rougis et une larme couler sur sa joue. Ma petite taille me permettant de voir par-dessous.

Elle n'a pas lâché maman, à qui je m'agrippais.

Je savais que mon royaume d'amour était terminé. J'entrais dans ce que j'ai vite, trop vite appelé, ma non-existence.

VI

(selon Arthur, métayer)

Je le vois depuis longtemps ce gosse en mal d'amour. Son père, si bon, sacré travailleur, écrasé par sa machine. Les heures qui s'enchaînent sans le moindre repos, les rythmes soutenus, c'était à prévoir.

Et je suis là, comme un imbécile, à répondre aux ordres du « toujours plus ». À l'imposer comme une nouvelle religion. On en pleure des gars, depuis. Le père du môme, hélas, n'a pas été le seul.

J'aurais dû tourner les talons aux premiers signes. Cette nouvelle façon de faire n'est pas la mienne. Et pourtant. Me voilà à houspiller les ouvriers pour un oui ou pour un non. Mais y'a la Sylvaine qui me tient. Parce que pour elle, quitter le domaine, c'est trop risqué. Retrouver un travail dans la région, pas question. Et puis, elle y a ses petites habitudes, ma petite dame, au domaine. À se promener sous son ombrelle, à faire copine avec la nouvelle patronne. Et de s'en aller en ville avec elle, d'y passer leurs journées, de revenir les bras chargés de colis.

Monsieur est parfois absent. Ça fait comme un appel d'air, le labeur s'en ressent. Un peu moins de tâches, un retour au bercail un peu plus tôt. Les rendements diminuent, mais je me débrouille pour les masquer. Je trafique un peu les carnets de livraisons et la comptabilité. C'est que Monsieur n'a pas que le vin ou l'agriculture dans sa vie. Il a ses affaires dans le pétrole. Qui lui rapportent bonbon. Alors ses affaires le mènent dans les capitales, là où le business se fait. Je n'en sais guère plus, mais j'imagine assez bien l'ampleur des bénéfices. Pourquoi mettre tout un domaine à genou, par souci de rentabilité, par habitude de l'autorité, cela reste un mystère.

Alors les pauvres gosses qui restent sur le carreau, j'essaie aussi de m'en occuper. Ils viennent souvent, pour le dîner, à la maison. Sylvaine est contente, ça lui remplace un peu les gosses qu'on n'a pas réussi à avoir.

Orphelins de père, ils sont trois comme ça. Mais le seul qui a perdu les deux, père et mère, c'est le petit. Je l'appelle comme ça. Le petit. Parce qu'il est un peu mon préféré. Sa mère s'est laissée mourir. Elle n'a jamais pu se remettre de la disparition de son mari.

Chose incroyable, c'est Madame et Monsieur qui l'ont pris en charge. Une procédure d'adoption s'en est suivie. Veulent-ils se soulager d'une éventuelle culpabilité ?

À voir les yeux rougis du petit, j'ai quelques doutes. Le soir, quand il vient parfois, manger un peu de soupe, ses reniflements me laissent songeur. À ma question : « Ça va petit ? », il ne répond jamais.

Les autres enfants gardent le silence également.

VII

Le commissaire Lavoine est sans concessions. Depuis trois jours qu'il me questionne sans relâche, j'ai compris qu'il en sait plus que ce que je pouvais imaginer au départ. Le cadavre de Monsieur a été découvert. Qui a craché ? Arthur reçoit régulièrement ses versements depuis plus d'une année. Je n'ai aucune idée de qui a bien pu se mettre à table.

La figure de Monsieur, célébrité de son époque – on l'est toujours à un certain stade de fortune –, ne semble plus avoir aucun secret pour le commissaire. Ses frasques financières, ses abus d'autorité, ses évasions fiscales, soit. Mais ses perversions pédophiles, sa disparition jamais résolue, sa femme placée en asile psychiatrique, ça fait du lourd et il est au courant.

Il semble vouloir savoir quel rôle j'ai exactement joué dans cette affaire. Comme si un gosse de dix ans, à l'époque, pouvait avoir joué un rôle dans un meurtre. Je m'effondre un peu. Tous les silences longtemps maintenus se fissurent. Je laisse passer des bribes de mes années d'enfer, quelques détails, et pas des moindres, corroborent les allégations de pédophilie.

Oui, nous étions une petite bande de gosses, à être pris aux pièges de Monsieur. Oui, nous étions nus, dans la grange, à devoir nous caresser entre nous, pendant qu'il se caressait lui-même en nous regardant. Oui, chez lui, tard le soir, il me visitait dans ma petite chambre d'enfant et je devais lui saisir le sexe avec ma bouche pendant qu'il m'enfilait ses gros doigts dans le cul. Oui, sa femme savait mais ne disait rien, tandis que les employés de maison tentaient de me réconforter. Oui, à la demande d'adoption, j'avais décliné et exprimé ma volonté de ne pas devenir leur fils adoptif. Non, le juge n'avait pas pris en compte ma demande. Oui, n'importe qui du domaine aurait pu tuer Monsieur pour toutes ces raisons.

Au fur et à mesure que je laisse ces quelques vérités s'échapper de la part la plus secrète de moi-même, j'ai l'illusion de penser que le commissaire se détend. J'ai presque l'impression qu'il va me prendre dans ses bras. Un inspecteur prend note à côté de nous, sans piper mot. Mais le clavier se tait, soudainement, et le commissaire lâche :

— Alors comme ça, il fallait qu'un jour ou l'autre, vous trouviez quelqu'un à qui faire payer tout ça ? C'est à ça qu'elle a servi, la pauvre Diana ?

VIII

Ils s'appellent José, Manuel, Olivier, Nathan. Ce sont mes quatre compagnons d'infortune.

Tous fils d'ouvriers agricoles. Parmi eux, Olivier a perdu son père également. Terrassé par la fatigue. Un matin, il ne s'est pas réveillé. Crise cardiaque dans la nuit. À nous cinq, nous formons un clan très soudé. Depuis la plus tendre enfance, nous parcourons le domaine à pied, à vélo, en trottinette. Nous en connaissons les moindres recoins.

Nos jeux ont passablement changé depuis l'arrivée du nouveau Monsieur.

Il nous a trouvé un jour, près de la rivière où nous tentions de pêcher quelques poissons, munis de cannes à pêche de fortune, fabriquées de nos mains. Il nous a promis de nouvelles cannes si nous le suivions. Nous étions totalement désarçonnés qu'il ait pu trouver notre coin de rivière, si secret, si caché, durant tant d'années.

Arrivés dans la grange du parc, il a fermé la grosse porte avec une clef qu'il avait dans sa poche. Nous étions alignés côte à côte. Sans aucune échappatoire possible.

À la fin de sa séance improvisée, nous nous sommes rhabillés en silence, alors qu'il nous intimait l'ordre :

— Pas un mot à vos parents, sinon je les vire.

Il a rouvert la grosse porte. Nous sommes sortis, toujours silencieux, honteux, la nuit nous enveloppait déjà. Derrière moi, j'entends encore José qui, du haut de ses cinq ans, laissait deviner quelques sanglots étouffés.

IX

(selon Diana, maîtresse-femme)

Je suis actrice. Une actrice d'un genre nouveau. Un rôle qui me colle à la perfection. Je me joue des autres. De leur misère. De leur culpabilité. De leur absence de capacité d'introspection. De leur vague à l'âme empli de frustrations. Les hommes perdus, c'est ma came. Je profite de leur désarroi. Les place face à eux-mêmes. Les fait accoucher de leurs fantasmes les plus fous. Tout ce qu'ils auraient voulu, avec moi, ils l'osent.

L'industrie du porno a donné naissance à une nouvelle classe d'hommes. Des sous-doués du sexe, qui projettent sur la femme tout ce qu'ils rêvent d'accomplir. Je leur permets ça, aussi. Mais surtout, je les punis. Ils en ont tant besoin. Toutes ces bonnes fessées qu'ils n'ont pas reçues en étant gosses, je les fournis. Avec mille petits agréments supplémentaires. Avec le décor et les accessoires. Ils n'ont qu'un souhait à formuler et je m'exécute, pleine de raffinements supplémentaires.

J'avoue que j'y trouve un plaisir excessif. Leur faire payer à eux, tous, les saloperies qu'ils ont forcément commises. C'est dans ce rôle que j'excelle. Parce que j'y mets du cœur et des tripes. Non, ne croyez pas que je me prends au sérieux. Au contraire, mon investissement est totalement détaché de tout affect. Une vraie Sarah Bernhardt du martinet. Avec toute la théâtralité dont je suis capable. Et ce n'est pas rien.

Les autres filles me jalousent un peu. Mon carnet de rendez-vous est plein. Je ne traîne pas dans la rue, à agripper le chaland. Mais les pauvres, le moindre geste un peu décalé, la moindre attitude qui sort des clous et elles crient au loup. Aucune maîtrise des situations borderline. Alors que moi, je sais y faire.

S'il y en a un qui débarque avec des envies de violence, je sais exactement comment le mater. Neuf fois sur dix, c'est lui qui est demandeur. Je veux dire que, contrairement à ce qu'il imagine, non, il ne souhaite pas se déchaîner contre une femme. Il a juste simplement besoin de trouver plus fort que lui et de se ramasser une bonne raclée dont il se souviendra. L'amener à comprendre cela, c'est lui tenir tête. Le contrer et le mettre face à lui-même. S'il est en colère, et c'est très souvent le cas, l'amener tout doucement à comprendre qu'il est d'abord en colère contre lui. Et que ce qui pourrait le satisfaire, c'est de retourner cette colère, de l'exprimer à l'endroit où elle a sa place, c'est à dire au travers d'une punition bien sentie, qui lui ôtera cette fausse idée de vouloir se déchaîner contre qui que ce soit. Cela me prend chaque fois un peu de temps. Mais ils finissent tous par admettre qu'ils ont exagéré. Que leur comportement n'a pas été adéquat. Qu'il y a à redire de certaines situations. Qu'ils la méritent, la raclée.

Tel chef d'entreprise, par exemple, qui fout la pression sur ses managers. Qui rentre chez lui de fort mauvaise humeur, normal, il a été exécrable toute la journée. Qui s'imagine pouvoir continuer sur sa lancée mais n'avoir que bobonne à houspiller, après trente ans de vie commune, ça peut lasser. Alors c'est là que j'interviens. On vient me voir pour cela. Grâce à l'autorisation de maltraitance avérée. Tout excité à l'idée de pouvoir se lâcher. Sans risque de divorce à la clef.

C'est en creusant non pas le comment, auquel ils s'attendent tous, mais le pourquoi que je les retourne comme une crêpe bretonne. Force leur est d'admettre que c'est d'eux-mêmes qu'ils ont à répondre. La partie subtile étant de leur faire comprendre à quel point ce qu'ils imaginaient faire subir, est uniquement résolvable dans l'exaltation de la souffrance sur eux-mêmes. Ressentir ce qu'ils ont pu faire subir, le vivre. Ils croient devoir punir, j'insiste, mais c'est important, alors qu'il s'agit d'effacer tout sentiment de culpabilité et pouvoir ainsi recommencer de plus belle.

J'en ai sauvé des mémères au foyer, pour qui le bonhomme voulait leur faire payer leurs sales comportements. Si j'exagérais, je dirais que je représente à moi toute seule la sauvegarde des femmes battues.

Ensuite, tout est affaire de mise en scène. Le climat que j'installe ouvre les appétits. La curiosité l'emporte et le soin que j'ajoute à rendre vraisemblable toute situation suffit à convaincre les plus récalcitrants. Je transforme des grands gaillards en petits garçons pleins de larmes, en train de demander pardon, qui marchent à quatre pattes, une lolotte dans la bouche et des Pampers aux fesses. Je fais œuvre de salubrité publique, je vous dis.

Très rarement, j'échoue et, à ce moment-là, puisque la tune en jeu l'autorise, je consens à jouer la victime. Mais à condition que le raffinement opère, lorsque je comprends que tout retournement est peine perdue.Mais je dirais que même dans ces cas-là, c'est moi qui garde le contrôle de la situation. C'est trop dans mon caractère.

Dans n'importe quel rôle, une bonne actrice va toujours puiser un fond de vérité qui lui appartient. Et chez moi, c'est la position de dominante. Si je joue à subir, c'est parce que JE le décide. Et de la manière dont cela me sied. Combien d'hommes m'en veulent à ce propos, je n'ose l'imaginer. Il se peut que parmi eux, se cache un psychopathe. Je le sais intuitivement. Je joue aussi avec le feu. Cela fait partie des montées d'adrénaline auxquelles je suis sensible. Au grand jamais je n'aurai peur. De qui que ce soit. Jamais.

X

Qu'est-ce qui peut pousser un journaliste lambda à mener une enquête ? Le goût pour l'investigation, certainement. Découvrir du caché, percer des secrets, informer sans se soucier du domaine privé, donner des faits, rien que des faits, les livrer en pâture, les exhiber à la vindicte publique, dénoncer sans vergogne, se départir des sentiments grâce à la sacro-sainte objectivité, attiser les scandales potentiels, faire vendre des exemplaires supplémentaires, voici quel-ques raisons qui poussent certains journalistes à déflorer le passé, tisser des liens jusque-là inconnus, faire jaillir des vérités qui vont ensuite, se poursuivre avec des effets boule de neige.

Une manière bien empirique de fonctionner, avec un certain goût pour remuer ce qui pue, en faire sa marotte et ne s'embarrasser d'aucune éthique à propos des éventuelles retombées que cela peut impliquer.

C'est Arthur qui a allumé la mèche. Pas besoin d'être devin pour le savoir. Au fond de ma tôle, les journaux s'amoncellent. Éric Dupuis, ce salopard, a donc mené l'enquête.

Tous les ingrédients ne pouvaient qu'attiser sa curiosité malsaine. Pour l'hameçonner, Arthur a dû lâcher des bribes que j'imagine très bien. Au moins l'un de ces éléments a dû être révélé. Peut-être ma personnalité secrète, mon soin à dissimuler ma véritable identité. Ou mon immense succès en librairie. Ou cette sale affaire enterrée à déterrer, la mystérieuse disparition de Monsieur quarante ans plus tôt. Ou l'enfermement en hôpital psychiatrique de Madame. Comme toujours, les enjeux sont d'en savoir plus, quelle que soit la vérité révélée.

J'attends des nouvelles de ma mise en liberté conditionnelle. Mon avocat y travaille. Dans l'attente du procès, seule une mise hors de cause de la tentative de meurtre de la pute maîtresse-femme pourrait faire aboutir la demande.

Que sait exactement le journaliste ? Il s'est bien gardé de dévoiler l'ensemble dans un seul article. Il s'est contenté d'exhumer l'affaire de Monsieur. Et de parler de scandales probables autour de pédophilie, avec témoin à charge. Comment a-t-on retrouvé le petit José ? Comment va-t-il poursuivre et jusqu'où va-t-il aller ?

La privation de liberté m'insupporte comme n'importe qui, même si elle ne change guère mon rapport au monde. Mais la seule prison que je tolère est bien celle que je m'accorde. Et non celle que l'on m'impose.

Chaque jour, je scrute les journaux, en attente d'un nouvel article, qui ne vient pas. Ainsi que des nouvelles de ma liberté conditionnelle. Qui dépendent essentiellement des déclarations à la police de la part de Diana. Sauf qu'elle est encore en réanimation. Entre la vie et la mort. Elle seule pourrait me disculper vraiment. À condition que l'autre enfoiré de journaliste ne dévoile pas mon rôle joué en lien avec la disparition de Monsieur. Et ça, c'est pas gagné non plus. Même si la prescription m'exonère face à la justice, ma réputation et mon souci de l'anonymat sont en sérieux danger.

XI

Chaque soir, le rituel est sans surprises. Madame termine le whisky ou entame une nouvelle bouteille de vodka. À partir du moment où ses yeux deviennent vitreux, Monsieur me fait signe discrètement. Nous la laissons affalée sur le canapé du grand salon et nous grimpons les marches du grand escalier.

Monsieur me suit de près. Je sens son haleine, chargée d'alcool dans mon dos.

Lorsque je n'avance pas assez vite à son goût, il me pousse sans ménagement. À l'étage, plusieurs pièces sont inoccupées. Hormis quelques chambres dédiées aux employés de maison, les autres servent de chambres d'amis à d'hypothétiques visiteurs. La chambre mauve est au fond du couloir à droite. Une légère poussière y a installé ses quartiers. Elle est dans un ordre apparent, mis à part le grand lit aux draps froissés. Dans la pénombre, je m'exécute en tremblant.

Chaque soir, je me déshabille devant Monsieur, qui est étendu sur le lit. Je connais maintenant les moindres détails de ses attentes, je connais également ses réactions en cas de refus d'obtempérer.

Jamais il ne prête attention aux larmes que je ne peux pas retenir. Il se contente de m'empoigner avec rudesse, de me palper sur tout le corps, une fois que je suis nu, face à lui. Il me renifle, me mord un peu, laisse traîner ses doigts à l'arrière de mes fesses jusqu'à ce qu'il enfile son index dans mon anus. Je me crispe et ne peux retenir un cri. J'entends son souffle s'accélérer. Un bruit rauque, comme un sifflement, s'accentue. Il me parle la bouche sèche, de manière saccadée.

— T'aime ça, hein, t'en veux encore petit vicieux ? Allez, couche-toi et laisse-toi faire... je vais t'apprendre, moi, ce qui est bon... Papa, il t'aime, tu sais ça, hein... viens contre papa, allez, ta bouche, lèche... C'est bien...

XII

Il y a eu reconstitution de l'agression de Diana. Dans le cadre des faits qui me sont reprochés. Son témoignage, essentiel pour me disculper éventuellement, est toujours impossible. Elle végète dans un semi-coma en réanimation.

Le juge ordonne cette reconstitution, espérant éclaircir ce qui semble incompréhensible aux enquêteurs. Le jeudi 26, j'ai quitté Diana à 23 h 30. De nombreuses traces de mes empreintes digitales attestent ma présence dans les lieux. Ma montre, retrouvée sous le grand lit qui trône au milieu de la pièce, je l'ai reconnue et n'ai jamais nié ni mon rapport quelque peu ambigu avec Diana, ni ma venue ce soir-là.

C'est cependant ce soir-là également que les voisins ont alerté la police. Eux qui, si souvent, sont les témoins passifs de bruits tous plus étranges les uns que les autres, ont compris que les cris de Diana dépassaient leur niveau habituel. Différents de ceux qui composent quotidiennement les soirées, les vagissements et les ahanements de ses clients, chose à laquelle ils se sont habitués. Ils ont compris que des cris plus graves retentissaient et se sont inquiétés.

Reproduire l'ensemble des faits durant cette soirée me met dans une posture délicate. Je m'exécute, non sans quelques réticences.

Mon galop à quatre pattes autour du lit, pourchassé par Diana, interprétée par une fliquette en uniforme avec un fouet à la main, déclenche une crise de fou rire dans l'assistance, malgré la gravité et le sérieux de la situation.

J'essaie de faire entendre que ma posture de jeu victimaire ne peut être cohérente avec la moindre agression. Que si j'avais pu commettre le moindre délit à l'encontre de Diana, je n'aurais pu laisser autant d'empreintes et de traces de ma présence, sans compter ma montre sous le lit.

Que l'homme croisé dans l'escalier ne peut être moi, même si les voisins affirment m'avoir reconnu, et dénoncé comme tel à la police. Sans compter qu'il n'a pas fallu longtemps à cette dernière pour faire le rapprochement avec ma propre personne. Comme si ma vie de marginal avait pesé contre moi. On n'aime pas les gens qui vivent à l'écart, dans la bonne société.

XIII

Mon avocat a obtenu ma mise en liberté conditionnelle. Avec ce que je le paie, c'est un peu la moindre des choses. En attendant le procès, je peux regagner mon domicile. Avec une astreinte. Ne pas quitter le territoire. Et me rendre au commissariat une fois par semaine.

J'en profite pour appeler Arthur et reprendre la suite de mon récit en Algérie. Je suspends toutes mes visites aux filles de la rue. Ce n'est pas le moment d'attirer l'attention sur quoi que ce soit. Seul Arthur m'intéresse. Je veux comprendre. Je vais lui régler son compte.

XIV

La nouvelle une du journal est claire.

Le Hervé s'est lâché :

LE MYSTÈRE D'UNE DISPARITION ENFIN LEVÉ.

On y découvre que Monsieur n'a jamais disparu. Qu'il a été assassiné, voici plus de quarante ans. Qu'une fouille a eu lieu au domaine. Qu'on a exhumé son cadavre et qu'une autopsie a confirmé l'identité du macchabée. Il s'agit bien de Monsieur, ses ossements témoignent de traces de violences. Qu'un médecin légiste poursuit les investigations.

Les sources de Dupuis ne sont pas citées. Mais Arthur a été placé en garde à vue. Et le petit José interrogé comme témoin à charge.

Inutile d'insister pour tenter de joindre Arthur.

XV

(selon Diana, maîtresse-femme)

Du blanc. D'abord du blanc. Avec de la lumière autour. Des taches grises. La sensation d'une main sur ma main. Une voix douce pour me dire. Des yeux embués de larmes. Je pleure. Je crois que je me sens vivante. Avec des douleurs vives un peu partout sur le corps. Surtout dans le bas du dos. En flash. Je crie un peu. Enfin je crois, je ne reconnais pas ma voix. Un shoot de morphine. Je replonge. Je m'enfonce dans un trou noir, sans relief.

XVI

Au café de la place, je retrouve mon Arthur après 48 heures de garde à vue. Il est déconfit. Ne comprend pas l'attitude du journaliste. Me jure ses grands dieux qu'il n'est pour rien dans les articles du sieur. Comprend que son envie d'argent a failli le précipiter en tôle. Se contente finalement de ce que je lui verse qui supplée sa petite retraite. Regrette quelque peu son chantage qui a failli le mettre dedans.

Je sens qu'il a enfin quitté sa petite haine qui n'était que jalousie à mon égard.

Je le méprise depuis toujours mais n'arrive pas à lui en vouloir.

Je me dis qu'il a finalement donné de sa personne après son silence long de trois ans. Où seule sa présence à nos repas communs de certains soirs permettait de l'exonérer de ne rien dire. Puisqu'il a bien voulu participer à la dissimulation des preuves de nos méfaits.

Nous avons dû nous rassembler, nous défendre seuls, sans l'aide d'un seul adulte. Nous, les gosses, avec nos petits moyens mais nos besoins d'en finir, le nombre que nous étions a finalement suffi. Il fallait juste s'organiser. Trouver le moyen de le coincer. S'organiser et s'équiper. Dresser le chien, lui apprendre à mordre, à devenir sanglant. L'enfer quotidien vécu dans la propriété ne pouvait plus durer. À dix ans, on commence à discerner ce qui est bien et ce qui ne l'est pas du tout.

Il fallait trouver un chiot. L'éduquer à devenir un outil, convaincre les camarades. Tout cela a été rendu possible par un effort de volonté. L'énergie du rien à perdre. Tout à gagner.

Depuis toutes ces années, c'est la première fois que nous abordons les choses frontalement, Arthur et moi. Il m'avoue avoir compris. Ne pas en avoir dormi de la nuit pendant des années, mais secrètement avoir applaudi. Et puis couvrir, pour lui, n'était que la suite logique des événements. Il en avait passé du temps à réfléchir aussi, sur comment nous sortir de là, nous, les gosses, victimes et innocents. Son seul regret avait été de ne pas avoir pu écarter Madame de cette réalité. J'eus beau lui dire combien sa complicité était avérée, du moins me concernant, il persista dans l'idée que Madame n'aurait pas dû découvrir le corps et encore moins en faire les frais en sombrant dans la folie.

En attente du résultat de l'autopsie de Monsieur, qui attesterait des raisons ayant provoqué la mort, il m'assure avoir gardé le silence sur les faits de l'époque.

Nous sommes l'un et l'autre circonspects à propos des sources du journaliste. Le petit José, âgé de neuf ans à l'époque, ne peut avoir déballé l'ensemble des événements. Un autre témoin a forcément parlé. Nous ignorons qui, même si sans oser le dire, nous avons l'un et l'autre la même idée sur son identité. Si cela s'avère exact, nous sommes mal barrés. Nous le savons. Et nous préférons nous taire.

XVII

(selon Hervé Dupuis, journaliste)

Tous les hôpitaux psychiatriques ont la même atmosphère. Des bruits de serrures aux cris des patients, seuls les murs entendent. Un visiteur n'est qu'un intrus qui vient déranger un semblant d'ordre sous contrainte. Les patients sont déshumanisés à l'aide de psychotropes, maintenus ainsi sous silence, mais l'on ne peut y empêcher les débordements consécutifs à la mise en isolement forcé ni les déviances comportementales plus consécutives aux effets secondaires médicamenteux qu'aux véritables dérives issues de pathologies plus ou moins avérées.

Le personnel soignant est transformé en gardiens. Ils traversent les couloirs d'un pas rapide, sous peine d'être empoignés par quelque malade en besoins ou demandes diverses. Seules les blouses blanches rappellent qu'il s'agit d'un établissement hospitalier où l'on est censé apporter du réconfort.

Les patients croisés dans les couloirs ne laissent aucun doute sur la nature des soins apportés. Ils sont zombifiés afin de préserver un peu de tranquillité. Les cas les plus graves sont en isolement. Les autres errent, telles des âmes en peine, en quête d'eux-mêmes, perdus sur les chemins de l'aliénation. Abandonnés dans les méandres de l'absence, où l'individu n'est plus que l'ombre décharnée de ce qu'il a été un jour. Chacun est condamné à se chercher et ne plus se reconnaître. Un être différent et sans voix. Désespéré et anéanti.

Dans ces conditions, j'ai quelques doutes sur la faisabilité de ma démarche. Et pourtant.

Même si ce que j'y découvre ne me surprend guère, ce qu'on m'y apprend me laisse pantois.

XVIII

Garde à vue de José

Le petit José a bien grandi. C'est devenu un grand gaillard, aux épaules larges, avec des longs cheveux gris qui lui tombent sur le front, en frange désordonnée.

Ses yeux bleu clair semblent éclairés par une tristesse, un peu enfantine, qu'il masque d'un revers de la main, lorsqu'il balaie les mèches qui lui tombent sur le front.

Il raconte ses années de cauchemars. Le souvenir de ces nuits à trembler, nu dans la grange. Avec les autres. Aux questions du commissaire, il répond par bribes. Il hésite, cherche ses mots.

Oui, il se souvient. Surtout du chien. De la grange mal éclairée. Du sang qui giclait. Des plus grands qui excitaient le chien. De l'attache à la poutre centrale. Du corps dégoulinant. Du chien qui attaquait encore. Des lambeaux de chair qui pendaient. Du corps disloqué, suspendu au-dessous de la poutre centrale. Qui a fini par tomber au sol. Et des cris de la dame venus de l'extérieur. Des cris stridents, à déchirer la nuit, à faire trembler les murs du bâtiment. De l'arrivée du métayer. Du bruit du fusil. Du chien hurlant, sautant en l'air, comme dynamité, explosé en plein cœur par une balle.

De lui, sanglotant dans les bras du métayer. De la voix calme de ce dernier, leur disant de rentrer. Leur disant qu'il allait s'occuper de tout.

Mais des noms de chacun, non, aucun souvenir, aucun nom. Il avait neuf ans au moment des faits, mais pas un nom ne lui revient.

José est aide-soignant auprès de personnes âgées. Il a voulu réparer, à sa manière. Il aime les garçons mais n'a jamais pu s'exprimer dans cette orientation. Les ébauches de sexe dans l'enfance l'ont à jamais écarté de toute relation. Il se contente de soigner, espérant ainsi se faire pardonner d'avoir participé. De n'avoir rien fait contre.

XIX

Je suis au cœur d'une problématique comme bien peu d'affaires judiciaires en connaissent. D'une part, la prescription ; d'autre part, la présomption d'innocence.

Mais le procès a eu lieu. Aucune preuve n'a été établie sur ma responsabilité concernant l'agression de Diana. Elle s'est réveillée de son coma mais n'a pu établir que je n'étais en rien responsable. Ses souvenirs sont effacés par une amnésie – transitoire dit l'expert appelé à la barre –, qui ne lui permet pas d'affirmer mon innocence. Le coup porté à son visage s'est abattu sur la moitié de son front, détériorant une partie du lobe frontal, le centre de la mémoire récente y est endommagé.

Seul le voisinage, cité comme témoin à charge, persiste à vouloir me décrire comme la personne croisée dans l'escalier. Et donc, comme le coupable idéal.

Ne bénéficiant pas du seul témoignage pouvant me blanchir, je me retrouve déclaré coupable de tentative d'assassinat sur la personne de Diana. Les traces de mon passage cette nuit-là ne manquant pas, rien ne peut me disculper hormis un soudain réveil de la mémoire de la victime.

Diana est appelée également à la barre. Dans sa chaise roulante, elle tente de me disculper mais sans pouvoir affirmer quoi que ce soit. Je sens son regard implorant dans ma direction. J'évite de la regarder même si je perçois le poids de ses regrets, je les détecte au ton de sa voix.

Étant impliqué comme témoin direct dans les événements prescrits, je suis également cité dans la série d'articles que Dupuis consacre à l'affaire. Un grand registre que Madame gardait précieusement lui a été transmis. Il s'en est servi pour son enquête, les noms qu'il contient sont ceux de tous les employés du domaine Gindre. Il a ainsi pu retrouver la plupart des témoins de l'époque, établir un semblant de vérité autour des faits. Et s'en servir abondamment, comme matière à enrichir et prolonger une série d'articles retraçant les événements, dans leurs moindres détails. Sa visite à Madame a créé un sursaut d'énergie chez cette dernière. Malgré les faits prescrits, elle a décidé de livrer son propre témoignage au journaliste véreux.

Ce passé douloureux, toujours gardé secret, livré ainsi lui fait recouvrir quelque peu sa santé mentale. Il agit comme révélateur de son mal-être enfin exprimé. Lui permet d'entreprendre un vrai travail thérapeutique pour tenter d'en effacer les aspérités si désastreuses. Tout cela est indiqué par Dupuis, comme s'il voulait se dédouaner de son rôle de fouille-merde.

Une seule satisfaction subsiste. Mon identité d'écrivain sous pseudo n'a pas été révélée.

TROISIÈME PARTIE

I

(selon Hervé Dupuis, journaliste) **Madame, épouse de Monsieur, interview**

Il m'a fallu bien des visites. Franchir bien des obstacles. Briser bien des mutismes. Les médecins ont compris l'importance de ma démarche. J'ai su les convaincre de son bien-fondé. Réussir à faire parler Madame pouvait lui permettre de retrouver enfin sa sérénité. L'autre imbécile, si intéressé par mes propositions de fric, m'en avait suffisamment dit pour que je sois sur le qui-vive. Je savais que je tenais l'histoire du siècle, à condition de réussir à contourner son mur de silence rendu encore plus épais par les années d'enfermement. Madame détenait les clefs de cette affaire non résolue. Elle en savait potentiellement suffisamment pour déclencher une série d'articles qui me feraient gagner du galon dans la profession. Les autres journaux allaient m'emboîter le pas. Quarante ans après, un récit de vérité sur l'ensemble des événements, compte tenu de la célébrité du personnage central, allait tenir en haleine des centaines de milliers de lecteurs. Mon petit journal de province allait exploser ses ventes. On me ferait des ponts d'or pour que je rejoigne la rédaction d'un gros tirage national.

J'ai dû faire preuve d'une grande douceur. Aller la voir un jour sur deux. L'amener progressivement à s'habituer à ma présence. Durant des semaines, j'ai vu son attitude se modifier. Mes questions sont longtemps restées en suspens. Mais peu à peu, son regard s'est animé. Elle a commencé à me regarder avec intérêt. J'ai compris que mes visites lui devenaient indispensables. Un sourire même, un jour, accueillit les quelques fleurs que je lui apportais systématiquement. Jusqu'au moment où elle me dit qu'elle était prête. Deux jours après, j'arrivais avec mon enregistreur.

Elle était vêtue d'une robe à fleurs. Jaune et noire. Maquillée délicatement, pour la première fois. Ses cheveux gris relevés en chignon. Dans sa main, un verre de whisky, concession que les médecins avaient consentie.

« J'ai grandi dans l'ombre des autres. Mes origines bourgeoises ne m'ont pas laissé le choix. Devoir obéir, tout supporter sans rien dire. Mère m'a montré l'exemple. Être une femme du monde, c'est se taire. Faire bonne figure quoi qu'il arrive.

« Je me devais d'épouser quelqu'un de ma classe sociale. Cela n'a pas pu se faire autrement. Je n'avais pas l'âme en rébellion.

« Mon cher mari est arrivé, auréolé de ses succès financiers. Il n'a pas eu à se décarcasser longtemps pour convaincre père de lui donner ma main.

« J'étais sous le charme de cet homme, toujours élégamment vêtu, de vêtements sombres, amples, en viscose, en soie ou en lin. Qui lui tombaient toujours impeccablement le long du corps. Une grande stature, fine et svelte achevait le portrait de ce bellâtre, rencontré lors d'un dîner chez des connaissances communes à mes parents.

« Il n'a eu de cesse de me séduire, à coups d'invitations, toutes plus prestigieuses les unes que les autres. Je suis sensible au luxe, que voulez-vous. Au luxe et aux apparences.

« Au départ, je n'ai rien vu venir. Très tôt après le mariage, il a repris ses activités qui l'emmenaient dans des voyages desquels il ne me disait pas grand-chose. Je savais juste qu'il y était question de pétrole. De base offshore, de transactions, de fouilles géologiques pour le compte de sa compagnie. Et d'extractions de pétrole brut, de transactions avec des gouvernements étrangers, de rachats de terrains et de négociations en vue d'autorisations d'exploitation.

« La solitude comme compagne m'a bien vite lassée. Nous vivions à l'époque dans un manoir glacial, isolé de toute présence. Dans une lande désertique, où seuls quelques moutons paissaient. J'y marchais pendant des heures, cela ne faisait que renforcer un sentiment de solitude immense. Je n'avais que quelques domestiques pour me tenir compagnie. Et ce pays dont j'ignorais tout. Dont je ne parlais pas la langue des habitants. Qui servait d'écrin à ma détresse. Choisi pour des raisons fiscales, par un mari plus intéressé à bénéficier d'avantages fiscaux, qu'au bien-être de sa jeune épouse.

« Alors très vite, j'ai goûté et apprécié le whisky. Surtout celui de la région. Vieilli en fûts. Avec un goût de chêne. Au début, il m'accompagnait dans les longues soirées d'hiver, puis ce fut le compagnon de mes débuts de journées.

« Lors des passages de mon mari, je faisais en sorte de dissimuler mes ivrogneries, mais je ne pus cacher les états dans lesquels cela me mettait. Je glissais sur une pente où tout me semblait sans importance. Seule la soûlographie me procurait quelque répit. Suffisamment pour inquiéter mon cher et tendre. Qui me fit enfermer. Dans un établissement de luxe, entouré de grands arbres où j'étais censée me désaccoutumer. C'est à cette période qu'il entreprit des démarches en vue d'une réinstallation en France. À l'annonce de notre déménagement, j'éprouvai un immense soulagement. Acquérir un domaine viticole, c'était s'implanter et développer des activités qui nécessitaient plus de présence. Je croyais naïvement que mon statut de femme délaissée allait évoluer.

« Mon séjour en clinique m'avait rendue abstinente. Je me sentais revivre et la perspective d'être entourée, au milieu d'une campagne, par des travailleurs de la terre ainsi que leurs familles me séduisait. Je n'avais, jusque-là, que très peu fréquenté les gens du peuple. Encore moins ceux du monde rural. »

II

(selon Diana, maîtresse-femme)

Impossible de me souvenir. Seules les douleurs sont là pour me signaler que je n'ai pas rêvé. Perdre l'usage de ses jambes à trente-quatre ans, c'est moche. La tête de mon client préféré au procès... ce n'est pas lui, je le sais mais rien ne me permet de l'affirmer.

Je savais les risques en choisissant ce métier. Pourtant punir, c'était indispensable. Faire payer. La tête de mon salopard de père entre chaque coup de fouet. Ma vengeance à moi, ma manière de dire plus jamais ça.

Pour tous les petits enfants battus, leur rendre coup pour coup.

J'ai senti ça chez mon client innocent. Il a pas eu besoin de me la raconter sa vie. Ça se sent ces choses-là. Je connais. Une attirance réciproque vers la violence. Le « pour de faux » pour faire surgir le vrai. Un besoin irrépressible d'expulser. De revivre le cauchemar pour s'en exorciser. De trouver la faille qui fait revivre le truc afin de le transcender. Ne plus le vivre en état de victime. Vaincre son dégoût et quand bien même, y trouver peut-être même une forme de plaisir.

C'était pas le type à avoir besoin d'expier ses fautes. Non. C'était le gamin meurtri qu'il fallait réparer.

Je les vois venir. Je les repère de loin. Ça nous fabrique pas un psychopathe violent ce genre de choses. Ça nous rend juste un mec qui n'a pas eu d'enfance. Qu'a renoncé à tout. Qui ne rêve plus. Qui connaît la noirceur des âmes. Qui en est revenu avec une âme de fantôme. Une façon d'être absent. Plus vraiment vivant.

Je l'ai bien vu le mec, à tenter de me raconter des bobards. C'est vrai qu'il est doué pour raconter des histoires. M'a fait le grand jeu du baroudeur, convoyeur de bateaux de luxe aux antipodes. J'ai pas cru un seul mot de ses mythomanies. M'a fait sourire qu'il tente un jeu de séduction, alors que moi, tant qu'il y a l'oseille, le folklore, c'est pas nécessaire. Je dirais même que j'ai vachement apprécié sa tentative de m'épater.

On m'apprend pas la vie. Je la connais dans tous ses travers. En long et large, on ne me la fait plus. Mais les brisures, quand je les sens, ça me chamboule un peu. J'y mets du cœur à l'ouvrage. Je prends un peu plus de temps avec quelqu'un comme lui.

Pour cela, je tourne le procès dans ma tête. Ça me chavire qu'un pauvre mec, déjà assez malheureux comme ça, croupisse en prison pour rien. Et ça me colère de savoir qu'un autre salopard court toujours et que je suis infoutue de me rappeler qui cela peut bien être.

III

Ma condamnation a fait le tour de la tôle. Vingt ans de réclusion, pour tentative d'assassinat, c'est du lourd. Le jury a conclu à ma culpabilité. L'état de Diana ne laisse aucun doute sur les intentions de l'agresseur. Elle a bel et bien été laissée dans un état qui indique une tentative de meurtre. Elle ne doit la vie qu'à un miracle. Étant client de la dame et déclaré coupable, il ne fait aucun doute qu'une préméditation, au vu des circonstances, semble avérée.

C'est du moins ainsi que le jury a rendu son jugement.

J'ai donc passé quarante ans de ma vie quasi peinard, à profiter de la fortune de Monsieur, à me remplir les poches des activités d'un domaine viticole sur lequel un don du vivant m'avait été accordé, pour payer aujourd'hui, vingt ans à l'ombre, sans que je sois responsable de l'acharnement subi par Diana.

Ironie du sort, la disparition de Monsieur, ses circonstances, sont restées non éludées durant toutes ces années alors que la justice avait largement de quoi s'en mettre plein les tribunaux avec nos agissements de petits vengeurs ayant résolu le sort de ce sale type. Nous n'avons jamais été inquiétés.

Je retrouve ici l'ambiance que j'ai pu connaître à l'orphelinat. Avec ses règles propres, ses bandes constituées, ses chefs arrogants, ses petites frappes qui font la loi en interne.

Je passe entre les gouttes de leurs petits trafics et je tente de me rendre le plus invisible possible.Tâche guère aisée car il me faut, malgré tout, les côtoyer au réfectoire, et deux fois par semaine, alignés dans l'attente, au couloir des douches.

Je ne reçois aucune visite. Arthur a bien tenté. J'ai eu des tentatives de Diana également. J'ai refusé en bloc. Tout lien extérieur raviverait une colère sourde.

Celle de subir sans avoir le choix et d'en prendre doublement conscience par l'entremise d'un regard extérieur. Ce qui peut, en temps normal, me mettre hors de moi. Et dans la tôle, c'est une perspective impossible à vivre.

IV

(selon Hervé Dupuis, journaliste)

Une affaire qui a fait couler beaucoup d'encre ne peut que ressurgir avec le même impact. Chaque événement suscitant l'intérêt du public fonctionne comme une obsession. Les ingrédients sont simples : une personnalité connue, une énigme non résolue, des nouveaux faits rétablissant une vérité, un certain goût pour le scandale et le dégueulasse.

Chaque lecteur est à l'affût de ce qui pourrait exhaler de la pourriture. Le propre n'a pas d'odeur. Le sale excite. La surprise et l'indignation en sont les moteurs.

J'ai pris le temps de bien tout relater. La première victime est Madame. Elle en a payé le prix. Enfermée de ne pas avoir supporté. Bien sûr qu'elle a fait preuve de silence. Il est évident qu'elle a participé malgré elle, en restant passive. À faire semblant de ne pas voir. Mais je la comprends, je crois, vraiment.

Nos entretiens se sont étalés sur plusieurs semaines. D'enquêteur, je suis devenu son confident. L'horreur de la découverte macabre a donné lieu à un immense traumatisme. Il fallait le dépasser pour aborder les points sensibles. Ceux qui étaient enfouis au plus profond. Son immense détresse à ne pas avoir su comment agir. Son dégoût d'elle qui en a résulté. Sa lente chute vers les enfers du déni et de la culpabilité. Son incapacité à réagir, vécue comme le cautionnement de l'inacceptable. Et le drame en lui-même, source de visions cauchemardesques. A-t-elle craint pour sa propre vie ? Difficile à dire. A-t-elle jugé la condamnation par l'agression vengeresse inacceptable ou a-t-elle cru être jugée pareillement, frappée par deux fois, d'abord son mari, et à travers lui, sa propre désertion de toute dénonciation ?

Au fur et à mesure de mes articles, j'explore les sombres nœuds de cette affaire. Dans les non-dits, les silences, se révèlent les noirceurs de l'âme humaine. Je m'en délecte. Les lecteurs aussi.

Lorsque des gosses sont impliqués, tant dans la monstruosité des secrets que dans l'ampleur des dégâts causés, les rebondissements ne manquent pas.

La culpabilité de chacun est exposée en plein jour. La chaîne de causalités qui mène aux effets est tout avérée, même si nombre d'événements relèvent de l'inattendu.

Je me sens l'âme d'un justicier qui répare les vivants, rend justice aux victimes tout en gardant son objectivité, but de ma profession qui, telle une doctrine, me donne la possibilité d'examiner et de révéler l'affaire sous tous ses aspects. Avec différents points de vue.

Libre au lecteur de se faire le sien, même si le scandale inhérent à l'ensemble ne permet guère de se détacher des affects qu'il entraîne et d'avoir une opinion détachée de tout ressentiment.

V

Perdre son enfance en même temps que ses parents, cela semble couler de source. C'est pourtant ce qui m'est arrivé. Les trois ans au château m'ont fait acquérir une dureté et une âpreté peu fréquentes à cet âge.

À la disparition de Monsieur et l'internement de Madame, j'ai été placé dans un orphelinat. Je suis détenteur d'une fortune colossale, don du vivant de Monsieur, mais son obtention ne me sera acquise qu'à la majorité. Madame purgeant sa peine et sa folie à l'asile, nul ne peut s'y opposer. Du vivant de Monsieur, c'était le prix du silence. Me faire légataire universel, en tant qu'héritier, et pour cela, m'adopter.

À mon arrivée, tout me semblait irréel. Les autres gosses, les surveillants, les visites des potentiels parents de substitution, les classes et les leçons données par des professeurs sans envergure, les réfectoires bruyants, les dortoirs glacials où il faisait bon se réfugier et se cacher en pleine journée, afin de fuir une atmosphère lourde et sans intérêt. Je regrettais amèrement mes petits camarades du domaine, leur complicité dans les joies comme dans les peines.

Comme tout dernier arrivant, je fus bizuté à l'ancienne. Un fût de bière coulant dans ma bouche maintenue ouverte, les plus grands me tenant bras et jambes, les plus petits ricanant autour. Pour une première cuite, ce fut réussi. Je me retrouvai titubant dans les couloirs, parsemant le sol de mes vomis. Ce qui me valut une punition de trois jours, à dormir sur le sol sans couverture. Dans la petite chapelle attenante au bâtiment principal. Avec de l'eau et du pain sec pour toute nourriture.

L'orphelinat est séparé en deux catégories. Les filles et les petits jusqu'à six ans se partagent la moitié du lieu. L'autre moitié est réservée aux plus grands des garçons. Celles et ceux de ces âges, à partir de sept ans, n'ont guère l'espoir de voir leur vie changer. On n'adopte pas des enfants dont la vie a laissé une empreinte jugée trop indélébile pour espérer en modifier les contours.

Dans ce groupe d'enfants condamnés à rester jusqu'à la majorité, nombreux sont ceux que la vie a marqués de ses griffes acérées, créant des déviances comportementales. À l'intérieur de ce système impitoyable, les plus solides sont ceux qui ont bénéficié de marques d'affection. Les plus atteints sont ceux dont les carences, voire les abus, ont détruit toute forme d'empathie et une façon rageuse d'anticiper un quelconque événement. De précéder le moindre mal comme s'il était prévisible et qu'il ne puisse en être autrement, en lui opposant une violence caractérisée.

Survivre aux crises, résister aux attaques plus ou moins frontales, éviter les confrontations relève de maintes procédures d'évitement. Je sais de manière confuse que l'amour reçu de mes parents me protège. Je peux fuir tout ce qui ne lui ressemble pas. J'ai connu l'amour parental, donc je peux savoir à quoi m'en tenir quand il est absent des relations sans que cela ne me perturbe outre mesure. Et les perversions de Monsieur m'ont mis en garde. Ne jamais céder à un chantage. Me méfier de toute tentative de rapprochement.

Je comprendrai bien des années plus tard que c'est à l'orphelinat que j'ai forgé la plupart des traits de ma personnalité.

VI

(selon Hervé Dupuis, journaliste)
Madame, épouse de Monsieur, interview

À notre deuxième rendez-vous, Madame semble plus détendue. Elle porte une petite robe de soie noire, un collier de perles l'égaie un peu, ses cheveux sont toujours soigneusement ramenés en chignon. Un discret rouge à lèvres ajoute une note de couleur à l'ensemble.

« La famille Gindre nous a vendu le domaine des Combes, clefs en main. Pour mon mari, c'était l'occasion de diversifier ses investissements, pour moi, la perspective de vivre entourée, rompant ainsi la solitude à laquelle il m'avait habituée. En espérant que cette nouvelle orientation allait me le rendre plus présent et plus attentif.

« Très vite, il s'est impliqué, augmentant de manière considérable les activités du domaine, développant le secteur vinicole et augmentant la production de céréales, nécessaires au cheptel du bétail. Achetant de nouvelles bêtes, accompagné pour cela, par Arthur, son métayer. Sans pour autant augmenter le personnel travaillant à rendre l'exploitation encore plus rentable. N'ayant lui-même que peu de savoirs au sujet des choses d'une ferme. Très vite aussi, il négocia des terrains supplémentaires, acquis à coups de pots de vin aux politiques de la région. Ceux-ci engrangèrent des procédures d'expropriation, sous condition de renouveler l'emploi, ce qui ne fut, au bout du compte, jamais pratiqué.

« Être leader dans sa branche, quelle que soit l'activité a toujours été un moteur dans les façons d'agir de mon mari.

« Et demeurer concurrentiel ne pouvait se faire qu'au détriment des travailleurs en leur imposant des rythmes de travail insensés. Il le savait, mais s'en fichait.

« Malgré les mises en garde du métayer, il imposa sa manière rude de manager l'ensemble des activités agricoles, sans se soucier des répercussions qu'elle pourrait avoir sur la santé et le moral des ouvriers.

« Au château, l'ambiance se détériora très vite aussi. Il organisa des rencontres avec la presse nationale, il comptait sur le prestige des biens acquis et en faisait la promotion dans la plus pure tradition d'un directeur financier vantant les mérites de ses produits.

« Dans la droite ligne de ces effets d'annonce, il fit du château le dernier lieu à la mode pour les bourgeois alentour, multipliant les réceptions et les dîners, suivis de soirées avec orchestre de chambre où les derniers potins du coin faisaient les gorges chaudes de rombières ennuyeuses et provoquaient l'hilarité de leurs maris emplis de suffisance. Un petit monde de classe aisée, persuadé d'en être, puisque la célébrité de mon cher et tendre n'était plus à démontrer. Faire la une de tel ou tel magazine économique était, parmi ses attributions, celle dont il se prévalait volontiers.

« Pour le personnel du château, organiser et servir lors de ces réceptions relevait du miracle. Plus de trente convives à chaque rendez-vous, avec pour tout recours, le service de cinq personnes était une gageure considérable.

« Sylvaine, la femme du métayer me fut très vite d'une compagnie agréable, qui m'apporta un peu de réconfort dans cette vie de châtelaine avec laquelle je n'arrivais pas à me familiariser. De plus, mon mari passait la plupart de ses journées à surveiller et demander des comptes au personnel de l'exploitation, sans pour autant avoir réellement réduit ses déplacements à l'étranger. De devoir houspiller le personnel de maison, sur les genoux à cause de l'ampleur des activités qui lui était demandé, je n'arrivais pas à m'y faire et l'opportunité de nos sorties en ville, je la vivais comme une échappatoire à cet enfer quotidien. Je n'arrivais pas adopter les bons usages d'une vie à la ferme et dans les réceptions, je percevais les faux-semblants provinciaux comme des simagrées auxquelles il m'était difficile d'adhérer.

« Nous étions, Sylvaine et moi, de plus en plus proches. Les conversations que nous eûmes furent l'occasion de nous faire des confidences. Ce fut elle qui me mit la puce à l'oreille. Lors de l'une de nos sorties en ville, une fois que, chargées de paquets achetés dans les boutiques environnantes, nous étions en train de

déguster un chocolat chaud, elle me parla de ses inquiétudes à propos des enfants du domaine.

« Les gosses viennent de plus en plus souvent se réfugier chez eux, ils y traînent jusqu'à tard le soir, Sylvaine est ravie de ce petit attroupement, elle qui n'a pas réussi à faire des enfants. Elle leur prépare un grand bol de soupe auquel elle adjoint un peu de lard et du pain. À la maison, les parents sont fatigués, peut-être un peu trop fatigués pour continuer à leur prêter attention comme il le faudrait. Le plus petit d'entre eux, José, a sa préférence. Elle a remarqué depuis quelques temps qu'il a souvent les yeux rougis, comme s'il avait pleuré.

« Un soir, profitant du départ inopiné d'Arthur, elle l'a pris doucement dans ses bras pendant que les autres mangeaient et l'a emmené dans la chambre maritale. Puis l'a questionné doucement. Il a laissé échapper quelques bribes.

« Elle est gênée mais elle a besoin de m'en parler. Il lui a laissé entendre que Monsieur faisait des choses avec eux. Qu'ils avaient peur. Qu'ils n'osaient plus traverser le domaine pour rentrer chez eux de nuit. Elle ne put rien savoir de plus ce soir-là, mais n'osa pas en parler à son mari.

« Et elle en était tant bouleversée qu'il lui fallait en parler avec quelqu'un. Peut-être que moi, je pouvais émettre une hypothèse, l'éclairer à ce sujet. »

VII

(selon Arthur, métayer)

J'en ai connu des enfoirés, mais comme Monsieur, on peut pas faire mieux. À l'époque, j'avais qu'une vague idée de ce que la finance et ses usages pouvaient représenter. Un monde à part, fait de combines toutes plus ou moins louches. Mais pas la moindre opinion de l'ordre d'un préjugé. Le monde est rempli de salopards, je ne pensais pas que cela pouvait concerner les financiers plus que le reste des hommes. J'ai compris peu à peu, que les ressorts et les mécanismes en jeu dans ces rôles étaient grippés. Qu'il y avait forcément tout un comportement type qui prévalait, avec les déviations de tous styles qui l'accompagnent.

Ainsi, ce charmant propriétaire du domaine des Combes avait remodelé l'ensemble de la propriété selon des critères bien à lui. Administrer, c'était ordonner. Cultiver la terre, c'était l'exploiter, élever des animaux, c'était les maltraiter, employer du personnel, c'était le soumettre à des conditions dignes de l'esclavage.

Devenir le bras droit de tout cela me fut extrêmement pénible. Au point que j'en dormais de plus en plus mal la nuit. Ayant également conscience du piège qui s'était refermé, puisque j'avais doublé mon salaire depuis le départ des Gindre. J'étais bien le seul à bénéficier de ça, Monsieur savait à quel point il ne pouvait se passer de mes connaissances et il y mettait le prix. Sous condition. Avec l'obligation de fonctionner selon ses principes.

J'y ai ruiné ma vie. Mis un pactole de côté, c'est sûr, qui depuis a fondu, mais suis passé au dégoût de moi-même, dans l'exercice de mes fonctions. Il fallait que cela s'arrête. Je n'avais pas la moindre idée de comment faire cesser tout ce cirque.

VIII

(selon Hervé Dupuis, journaliste)
Olivier, interview

Olivier avait onze ans au moment des faits. Le registre de Madame, conservé précieusement en cachette, m'a bien rendu service. En ayant gagné sa confiance, j'ai pu accéder à l'ensemble des comptes et activités du domaine. Avec les noms et renseignements sur chacun des employés. La suite, à partir de ces révélations, me fut relativement simple. Retrouver les gosses devenus grands, balancer aux flics l'un d'entre eux, parce que, avec une telle affaire, on ne peut pas non plus garder le secret des sources sans se sentir vaguement complice des actes, même s'ils sont le fruit d'une vengeance à l'égard d'un connard. Il y a quand même des gosses impliqués, malgré la prescription, et eux aussi ont à répondre de quelque chose face à l'opinion publique, si ce n'est à la justice.

Lavoine, c'est un vieux pote. Il a fait en sorte que je ne sois pas ennuyé plus que cela, mais il valait mieux que je cite au moins une source pour avoir la paix. D'autant que le squelette avait révélé des traces peu avouables. Plusieurs os brisés selon le légiste et des lambeaux de vêtements ensanglantés retrouvés dans les mottes de terre avaient attiré l'attention des enquêteurs. J'ai donc mis Lavoine au parfum. Et lui ai livré le José, sachant que pour le reste, mes articles allaient éclairer sa lanterne. Et pour les noms des autres impliqués, il pouvait toujours se gratter, momentanément. Je n'avais pas la moindre envie qu'il tombe tout de suite sur Madame et qu'il lui mette le grappin dessus, mon travail avec elle étant suffisamment délicat comme ça, même si je savais que tôt ou tard, il lui ferait reconnaître les éléments trouvés dans le trou de la tombe de Monsieur.

Olivier est un petit gros, tout transpirant. Son cheveu est gras et lui tombe sur les yeux. Il bégaie un peu, cela étant accentué par une vraie difficulté à s'exprimer. Tout indique qu'il est profondément perturbé :

« J'sais pas M'sieur, moi j'voulais pas, mais y avait l'autre qu'insistait... Faut dire qu'i vivait dedans, lui... et tous les jours qui nous disait. Qui devait supporter les mains... le sexe de... l'autre. Que même depuis, il nous foutait un peu la paix à nous. Alors on comprenait quand même, faut dire.

« C'est Nathan qu'a ramené le chien. Il était tout petit. Fallait bien qu'on s'en occupe. Avec Manu, i'z'ont dressé le clébard... Fallait faire attention. Pas se faire voir. On cachait des bouts de viande dans nos pantalons... On lui donnait la viande pour le récompenser... même qu'un jour, c'est moi qu'ai fait semblant... Manu disait attaque, et le chien se jetait sur sa victime. Ben le clebs m'a attaqué... heureusement, l'était pas bien grand. M'a quand même mordu, saloperie... même que Manu disait lâche et que là, il voulait pas entendre...

« Celui qu'avait eu l'idée, c'était celui qui devait et voulait vraiment sauver sa peau... l'avait trouvé un truc... nous faire porter un chapeau piqué à Monsieur comme signal d'attaque pour le chien, un truc qu'il reconnaisse chaque fois qu'on le lançait sur un de nous... Chacun son tour, on mettait le chapeau pour tester le chien. On savait juste pas jusqu'où le chien irait... Ça, on pouvait le savoir que le jour où on déciderait de le faire vraiment. À force de l'entraîner et parce qu'il était devenu grand, on savait qu'on pourrait passer à pour de vrai pour bientôt. »

IX

(selon Diana, maîtresse-femme)

J'ai entrepris une reconversion. Dans mon fauteuil roulant, je suis devenue visiteuse de prison. L'âme humaine, je connais. Aussi bien que les corps. Aider des prisonniers, leur tendre une oreille attentive, ça me répare un peu de ma culpabilité de savoir l'autre encore en tôle. Je noue quelques contacts précieux. À nouveau, j'ai réellement l'impression de servir à quelque chose. Un seul point sur lequel je bute et oppose un refus systématique, s'il est question de visiter un pointeur, comme ils disent, un violeur d'enfant, alors je refuse catégoriquement.

Mon seul lien avec mon passé est et demeurera, maintenant je le sais, hélas, mon amnésie concernant mon accident et mes échecs à tenter de visiter celui qui continue de payer à la place d'un autre. Je n'arrive pas à me résoudre et à laisser tomber. J'espère que mon statut de visiteuse va permettre d'obtenir enfin l'accord de celui que je considère comme une victime, autant que moi. Mais il faut dire que les prisons de ce pays en sont remplies.

X

(selon Eric Lavoine, commissaire)

À ce point de l'enquête, plus de doutes possibles. Les révélations à propos du cadavre sont manifestes. L'homme, avant de mourir, a subi une agression d'une grande violence. Les fractures des os, au fémur gauche, aux poignets, à la cheville droite en témoignent. Quarante ans de mise sous terre n'ont pas suffi à altérer suffisamment les preuves. La presse révèle l'affaire, cet enfoiré de Dupuis en fait ses choux gras et nous, on ne peut que tirer le rideau puisque l'affaire est prescrite et que la veuve, déclarée aliénée, n'a jamais porté plainte. À ce stade, c'est un peu comme si la presse se substituait à l'enquête de police. Nos conclusions sont faites, mais nous ne pouvons pas investiguer plus loin, faire l'entière vérité, puisque la justice ne sera pas saisie. Je ne sais pas trop pourquoi, mais je fais le lien de l'agression du type avec l'agresseur de la pute sado-maso. Il est dans la liste du registre. Jusqu'où a-t-il joué un rôle prédominant, je ne sais pas trop. L'a bien compris de quoi je parlais, aux interrogatoires. Il a quand même craché un peu de sa vie de là-bas. Son nom n'est pas cité dans les articles, mais Dupuis m'a fourni la liste des témoins de l'époque et je me suis cantonné au José, après qu'on en ait discuté. Mais à quoi bon poursuivre avec les autres. Au moins, il y en a un qui paie, malgré la prescription. J'imagine au vu des restes du cadavre, la violence du clébard. Quant à la violence subie par les gosses au préalable, je préfère ne pas y penser. Affaire classée.

XI

Dans la tôle, je retrouve mes réflexes de l'orphelinat. J'évite au maximum le contact avec les autres. Mais la promiscuité des lieux m'empêche de réussir à m'isoler totalement. La cour et ses promenades quotidiennes sont l'occasion de régler tous les différends et ils sont nombreux. On y retrouve les inévitables petits cracks, petits chefs de rien, qui menacent et insultent. Ne pas répondre aux provocations, faire la sourde oreille, serrer les poings dans ses poches, la tranquillité n'a pas de prix, même s'il faut bien l'avouer, plusieurs fois, je me surprends à n'avoir qu'une seule envie, celle de péter la gueule de celui qui vient de me traiter d'autiste ou de poule mouillée.

Je reprends mes habitudes du dehors, je noircis, à défaut d'ordinateur, des pages entières sur des cahiers noirs, elles sont les compagnes de mes nuits. J'écris avec insistance, comme par compulsion. Les cahiers s'amoncellent. Je suis intarissable tant j'ai à dire.

Je faillis à ma règle de passivité le jour où notre secteur accueille un nouveau détenu, précédé de sa réputation de pointeur. Un violeur de gosses, je sais que je ne vais pas pouvoir me retenir. Le processus, s'enclenche, comme il y a quarante ans. Avec le temps qu'il me faut pour cogiter. Étudier toutes les possibilités, rester en retrait, mais préparer l'acte vengeur. Ils doivent payer. Tous.

XII

(selon Hervé Dupuis, journaliste)
Madame, épouse de Monsieur, interview

Madame a obtenu un sauf-conduit. Elle a droit de sortie. J'apprends qu'elle est retournée au domaine des Combes, sur la demande de la police. Afin de lui faire reconnaître les morceaux de tissus trouvés non loin et témoigner de ce qu'elle a pu voir à l'époque, accompagnée d'un infirmier. J'apprends qu'une crise de panique s'est saisie d'elle. À la vue de la grange, lieu du drame. Qu'il a fallu la ramener en clinique de toute urgence. Son corps secoué de spasmes. Et qu'il a fallu réadapter son traitement en conséquence. J'ai donc dû patienter une semaine de plus avant de pouvoir la visiter, sous réserve de ne pas la tourmenter et de faire l'impasse en cas de silence.

Elle est vêtue d'une robe blanche qui semble venue d'un autre âge. Toute fanée et chiffonnée. Ses cheveux sont défaits et pendent devant son visage. Ses yeux rougis semblent appeler à l'aide. Elle me tend une main tremblante et glacée. À côté d'elle fume une tasse de thé chaud.

« J'ai compris bien tard, mais j'ai compris. À la mort de la mère du petit George, j'ai tout fait pour empêcher son adoption. Sous couvert d'empathie, je savais que mon mari allait abuser de lui comme il avait pu le faire avec les autres gamins du domaine et les plus jeunes de nos employés de maison. Femmes et hommes confondus.

« Élever George en dehors d'un orphelinat, c'était soi-disant lui donner une chance de réparer son enfance meurtrie.

« J'avais repris l'alcool. Je n'étais qu'une loque, impuissante, incapable de donner la vie et inutile...

« Rien n'y fit. Sous prétexte qu'un enfant à élever nous manquait et que c'était une occasion ultime de me sortir de mes addictions, mon mari, puisqu'il décidait de tout, m'imposa cette adoption. Et le pauvre George devint le jouet des pulsions perverses du monstre que j'avais épousé...

« La suite est impossible à raconter... Essentiellement parce que je me suis enfoncée dans des jours sans lumière et des nuits profondes. Noyée dans les brumes de l'alcool, je ne voyais plus rien. Je ne voulais pas... ne pouvais pas voir...

« Trois ans de détresse. Même Sylvaine, je ne la voyais plus. Ce désir d'enfant qui nous avait tant rapprochées n'était plus que le symbole d'abominations. Je savais juste que le personnel de maison se doutait de quelque chose. Souvent, je les entendais parler à voix basse. Tout le poids d'une réaction ou d'une décision me revenaient, mais j'étais incapable de faire quoique ce soit. Comme tétanisée par la destruction de tout ce à quoi j'aurais pu encore rêver. Et complètement noyée dans les vapeurs éthyliques...

« Il aurait fallu un miracle, un détonateur, mais rien n'arriva. Le gosse était de plus en plus mal en point. Seuls les départs réguliers de ce pervers permettaient au château de respirer un peu. D'autant plus au gamin.

« Sans me consulter d'avantage, mon mari avait fait en sorte de donner l'ensemble de l'héritage à George. De le prendre en otage ainsi lui permettait d'exiger son silence. C'était le prix à payer... qui lui garantissait sa tranquillité... à lui, le sale type...

« Une nuit, je fus prise de tremblements que j'attribuai au manque d'alcool. Je me levai en direction du grand salon, dans l'intention d'aller y rassasier ma soif maladive lorsque je fus intriguée par des lumières au loin, qui semblaient parvenir de la vieille grange, inutilisée depuis fort longtemps, à l'angle du parc qui donne en bas du château.

« J'étais vêtue uniquement de ma robe de chambre, faite de soie et plumes, sans chaussures...

« Néanmoins je sortis, attirée par je ne sais trop quelle curiosité, teintée d'appréhension.

« La porte de la grange était entrouverte, c'est par cette ouverture que la lumière passait...

« Je me glissai furtivement à l'intérieur et me cachai derrière un tonneau de vin.

« La scène à laquelle j'assistai me glaça... Un groupe d'enfants, tous excités, se tenait autour d'une forme que je ne reconnus pas tout de suite, formant un grand cercle autour de ce qui ressemblait à un tas de sang, d'os, et de vêtements déchirés...

« Un berger allemand, tout de fauve et de noir, dont le pelage ruisselait de rouge, s'attaquait férocement à ce qui gisait au centre du cercle, renouvelant des attaques d'une férocité saisissante.

« Tout autour, les enfants criaient, frappaient des mains et lançaient des ordres, où se mêlaient « attaque ! », « oui », « vas-y », « encore »...

« Sur le sol, je reconnus soudainement mon mari. À un cri qu'il poussa. Comme une longue plainte... mais c'était bien sa voix. Je fus dans un premier temps tétanisée... puis je compris qu'il me fallait agir. Les enfants étaient bien trop occupés par le spectacle qu'ils encourageaient, je pus me glisser hors de la grange sans me faire voir.

« Je courus en hurlant, aussi vite que possible dans la mesure où j'étais pieds nus, en direction de la chaumière du métayer. Il me fallait l'avertir, qu'il empêche ce crime affreux d'aller au bout... enfin... dans la confusion tout cela me semblait abominable...

« Arthur comprit la situation, malgré mes balbutiements. Il s'habilla en vitesse et me demanda doucement de rester sur une chaise à la cuisine afin de ne pas réveiller Sylvaine...

« Le temps me parut long. J'hésitai un peu mais j'allai tout de même dans le bureau qui jouxtait la cuisine. Il y avait là tous les papiers importants du domaine, dont les registres avec les coordonnées des employés et les noms chaque membre de chaque famille. Dans une impulsion, sans réfléchir, je fouillai un peu, m'en emparai, et cachai mes trouvailles sous ma robe de chambre.

« Je compris plus tard que, par ce geste, je venais de protéger l'incognito des enfants, que nul ne saurait ce qui s'était passé et encore moins qui pouvait en être responsable.

« Arthur revint fort tard. Il me prit dans ses bras et, doucement dans l'oreille, il me chuchota : "Je me suis occupé de tout. Les enfants sont rentrés. J'ai abattu le chien. Il était devenu enragé. J'ai creusé un trou pour planquer lecadavre. Il va falloir vous reposer ma petite dame. Tout ceci n'est qu'un mauvais rêve."

« Le lendemain, une ambulance m'emportait vers mon destin. Je serrais contre moi une petite valise, contenant les dossiers du domaine. Pour rien au monde, je n'aurais laissé qui que ce soit me les prendre...

« Je veux aujourd'hui, maintenant que le cadavre a été découvert, je veux que le monde sache la vérité. Je vous laisse le soin de consulter ces pages. Il y a tous les noms. J'ai entouré de rouge ceux qui étaient là ce soir-là. Ils n'ont plus rien à craindre, vu le temps écoulé. Mais je souhaite qu'on sache, la saloperie de mon défunt mari et le courage de ces petits. »

Elle me tendit de ses mains toujours tremblantes – l'effet des médicaments sans doute – un vieux classeur tout écorné, avec dans son regard, quelque chose qui ressemblait à de la confiance, les yeux brillants de larmes. J'en fus ému au plus haut point. Mon devoir d'informer me donnait le droit de tout raconter. Je me devais d'être à la hauteur de cette grande petite Dame. La tasse de thé tomba brusquement au sol. Je la ramassai sans rien dire.

XIII

(selon Arthur, métayer)

J'ai bien compris les poids du silence. Ma réserve à propos des gosses les a sauvés. Dire que je cautionne leur acte, je me pose encore la question aujourd'hui. J'ai bien vu que l'ensemble des registres du personnel au domaine avait disparu. Je soupçonne Madame, même si l'état dans lequel elle se trouvait au moment de l'accident me fait douter de sa capacité à agir. Aurait-elle eu un sursaut de lucidité qui lui aurait permis de se ressaisir enfin ? D'apporter sa part à cette affaire sinistre ?

Le fusil, c'était facile, il y en avait un, accroché derrière les bottes de foin, j'étais le seul à le savoir. Le clébard, il fallait l'achever. Ce n'était plus possible de lui faire lâcher prise autrement. Il était devenu une furie. Mais c'était quand même bien trop tard pour compter sauver la vie du Maître des lieux. L'enterrer, ce fut facile aussi. Le petit m'y a aidé. On a creusé aussi vite que possible.

Le plus compliqué, ce fut de tenter de rassurer les autres gamins. Ils étaient sous le choc de la scène, encore tous émus d'avoir été si loin dans leur délire avec le chien. Même aujourd'hui, je me demande ce qui les a le plus marqués. Les horreurs subies de Monsieur ou la violence de leur vengeance ?

Ce n'est pas Sylvaine qui me répondra maintenant qu'elle est morte et que je n'ai jamais réussi à lui parler de tout ça. Elle a toujours cru au mystère de la disparition de Monsieur. Je ne l'ai pas détrompée, jamais.

Seulement, ce soir, j'aimerais pouvoir lui dire enfin ce qui me travaille depuis trop d'années. Même si elle n'est pas là pour me consoler.

ÉPILOGUE

I

Dans les douches, la pénombre règne. J'ai réussi à collecter suffisamment d'informations pour savoir les horaires de douche de l'abuseur de gosses. Il est placé en isolement. Par mesure de protection, les autres détenus étant susceptibles de lui faire la peau à n'importe quel moment.

En étant gosse, devant le cadavre déchiqueté de Monsieur, je m'étais juré d'agir face à quiconque présenterait les mêmes tares, juste après qu'Arthur eut abattu le clébard. Et de passer à l'acte quel que soit le prix à payer.

Il m'a fallu soudoyer l'un des gardiens, ce ne fut pas facile. Mais j'ai tout de même fini par avoir mon renseignement.

Aussi, je suis là, tapis derrière un mur dégoulinant d'humidité. Un couteau planqué dans ma manche. Prêt à bondir au moindre bruit. Mais seules les gouttes d'eau des robinets qui fuient emplissent le silence de leurs sons lugubres. Je sais que je n'ai plus rien à perdre. Je sais que ce sentiment de justicier de l'improbable me poursuit depuis longtemps. Je sais que je vais en prendre pour quinze ans de plus. Qu'importe. Je suis prêt. Enfin présent à ma propre vie.

Je ne l'ai pas entendu entrer. Il s'est glissé le long des murs et je sens brusquement une main m'agripper au cou. Je suis violemment tiré en arrière. Je me sens projeté contre le mur et finis au sol. Ma tête heurte le coin d'un pommeau de douche dans la chute. Je suis sonné et perds connaissance quelques instants. Lorsque je reviens à moi, je sens derrière moi un souffle court, ma combinaison de détenu arrachée et des mains qui me maintiennent. Je reconnais immédiatement le contact d'un sexe dur, qui cherche à me pénétrer, sans y parvenir. Des sensations de colère m'envahissent. Je tente de résister. Rien n'y fait. L'homme derrière moi est en train de réussir à forcer le passage. La douleur me submerge, je hurle alors qu'il me saisit à la bouche de sa main puissante avant que je puisse achever mon cri.

Je réussis à le désarçonner d'un violent coup de rein et saisis mon couteau toujours à portée de main, bien collé dans ma manche. D'un geste rapide, je défais le ruban adhésif et parviens à planter la lame dans l'épaule de l'homme. Mais il est bien plus fort que moi, puisqu'il m'arrache le couteau de la main et le pénètre avec force au sommet de ma gorge. Je sens les fluides de ma carcasse me quitter. Doucement, le sang s'écoule en rigole, le long de la canalisation. Je le vois ce rouge-là, de plus en plus trouble. Mes yeux se voilent.

Je me vide et je m'envole.

II

(selon Diane, maîtresse-femme)

De par mon insistance à visiter mon malheureux dernier client, je suis dans la liste des personnes à contacter en cas d'incident.

Je n'ai toujours pas renoncé à le visiter. Je persiste régulièrement, par courrier, adressé à l'administration pénitentiaire.

Un soir, aux alentours de 20 h, je reçois un coup de fil du directeur de sa prison.

« Madame, bonsoir, je suis au regret de vous annoncer la mort brutale de votre ami, que l'on a retrouvé ensanglanté dans les douches du bâtiment B. Une enquête est ouverte, afin de déterminer les causes de ce décès. Il se trouve que dans sa cellule, il y a quelques affaires personnelles que vous souhaiteriez peut-être récupérer. Votre statut de visiteuse vous octroie le droit de venir sans autre formalité demain, à la première heure.Que comptez-vous faire ? »

Je suis anéantie. Je décide sur le champ de me rendre à la prison dès le lendemain matin. Je remercie le directeur et l'informe de mes intentions.

Le lendemain, le cœur battant, je prends un taxi, qui m'embarque, moi et ma chaise roulante au pénitencier.

À l'entrée, un charmant gardien se charge de me faire rouler le long de couloirs interminables, entrecoupés de portes de sécurité grillagées, jusqu'à la cellule 778.

Là, il me laisse entrer et discrètement, referme la porte sans le tour de clé habituel.

Une petite table et une chaise sont disposées devant la fenêtre à barreaux. Il y a là une quantité de petits cahiers noirs empilés les uns sur les autres. J'en ouvre un au hasard. Il contient une écriture serrée, nerveuse, des phrases raturées pour la plupart, mais d'emblée je pressens le récit, me doute d'un contenu plus que précieux.

Précipitamment, je remplis mon sac de tous les cahiers quand mon regard est attiré par une feuille blanche, qui se détache de l'ensemble, posée un peu à côté, juste sous la lampe de bureau éteinte.

J'allume la lampe et je lis :

Lettre à Mon cher Ami éditeur

Très cher,

Depuis le temps que je vous abreuve de mes récits fantasques, il m'a semblé plus qu'important de vous livrer un récit qui me ressemble enfin.

Vous allez trouver en ces pages de quoi vous éclairer. Sur ma personne, mes dérives, mes failles et mes tourments. J'ai tenté de reconstituer ce qui m'a amené en ces murs, me suis encore permis quelques fantaisies à propos des personnages qui le peuplent, imaginant leur part d'implication, mais dans l'ensemble, vous avez entre vos mains l'histoire de ma vie. Ma première auto-fiction.

Je tiens également à rendre hommage à Hervé Dupuis, journaliste de son état, qui a révélé l'affaire dans son journal. Je me suis également inspiré de son enquête, de ses investigations et de ses compte-rendus d'interview qui m'ont fortement inspiré. Sa série d'articles a agi comme un détonateur. Qui m'a incité à entamer ce chantier de reconstruction.

Je vous laisse le soin de décider du sort de ces cahiers. Ce qui est certain, c'est que je renonce à l'emploi de ce pseudonyme qui m'a tant protégé. Je voulais également vous remercier de l'indulgence dont vous avez fait preuve durant toutes ces années, qui m'a permis de préserver ce à quoi je croyais le plus : ma tranquillité.

Il me semble que je peux entrevoir un avenir différent. Je vous autorise donc à utiliser ma véritable identité. Et nous verrons bien, à ma sortie, dans dix ans si tout se passe comme prévu, si ce choix se sera avéré judicieux. Je ne sais si mon statut de prisonnier créera un impact supplémentaire à la sortie du livre, alors que l'on peut raisonnablement tabler sur les répercussions de la révélation de mon identité comme d'un coup de pub, qui fera mousser les ventes.

Je sais maintenant que cet ouvrage est avant tout un plaidoyer en faveur des enfances brisées. Et qu'il se doit d'exister sous mon nom propre.

Recevez cher ami, la garantie de mon éternelle reconnaissance.

Votre George Defresne